Freedom is always and exclusively freedom
for the one who thinks differently.

SPECULARI

The 100 Songs of Haruki Murakami

村上春樹100曲

栗原裕一郎
藤井勉
大和田俊之
鈴木淳史
大谷能生
撰寫、編著
唐郁婷 譯

村上春樹の100曲

導讀

激起共鳴的「音樂」與「文學」——村上春樹一〇〇曲

淡江大學日本語文學系副教授
淡江大學村上春樹研究中心成員
內田康

村上春樹的擁護者肯定知道他的作品充滿了音樂，從早期的《挪威的森林》《舞・舞・舞》《開往中國的慢船》到這幾年的《沒有色彩的多崎作和他的巡禮之年》，信手拈來，可發現不少小說的書名或作品的名稱來自各種風格的樂曲。不過這些音樂如何豐富村上的作品？一般的讀者或甚至是文學研究者也不見得能夠了解這點，那些於作品之中大量出現的曲名有時像是一個個不具意義的符號，所以會被視而不見也是常有的事。

由於在村上小說登場的音樂實在過於多元與跨界，所以若不是精通音樂的讀者，實難了解這些音樂在小說當中扮演的角色。因此，對這些讀者而言，本書《村上春樹一〇〇曲》不啻是最能引領讀者進入村上小說的敲門磚。身兼村上作品的英文版譯者與研究者的傑・魯賓（Jay Rubin）教授認為村上的文體帶有某種音樂性，並將這種音樂性稱為「詞彙的音樂」（the Music of Words）[1]，如果能透過本書了解小說中引用的每一首歌，想必能與村上筆下的「詞彙的音樂」產生共鳴，美妙程度勝於原曲幾倍的旋律也將同時於讀者腦中響起。

一如〈前言〉所述，本書是由十年前《用音樂解讀村上春樹》（二〇一〇年、日本文藝社）的原班人馬全面改寫而成。在此之前，從音樂分析村上文學的作品有小西慶太的《村上春樹的音樂圖鑑》（一九九五年、Japan Mix出版）、飯塚恆雄《流行的一課》（二〇〇〇年、SHINKO MUSIC）與其他著作，前者搜羅了所有於村上小說登場的樂曲與音樂家，也歷經多次的修訂，印象中，是一本非常實用的導覽書。

可惜的是，這本書雖然便於查閱書中的樂曲或音樂家，卻未能介紹這些樂曲於書中扮演的角色，未免有遺珠之憾。從這點來看，能針對每首樂曲進行介紹，透過音樂正確地解讀村上作品的書籍，莫過於本書的原著《用音樂解讀村上春樹》。這本書依序分成〈爵士〉〈古典〉〈流行音樂〉〈搖滾〉〈八〇年代後的音樂〉五章，每章也由不同的執筆者負責撰寫，每章皆有長度約在三十頁前後的評論文，同時還附上約十五個項目的〈唱片指南〉，更值得讚賞的是，除了附錄的會談之外，還列出透過音樂解讀村上作品所需的參考文獻。可惜的是，雖然原著在製作上用心良苦，卻也因為「文學性」的色彩過於濃厚而淪入「實質絕版」的下場。

因此，擔任原著企劃的栗原裕一郎重新召集原班人馬，將原著拆解組合成這本《村上春樹一〇〇曲》，也拿掉「文藝評論」這個佔原著一半有餘的部分（其實這部分是很有意義的）；但還是將文藝評論的核心部分打散成五章，每章再細分為二十個項目，潛移默化地放入每首樂曲的介紹內容之中。如此明顯的改變除了包含每個項目都以一首樂曲說明之外，也顧及村上的長篇、短篇小說、散文甚或翻譯作品。在原著裡，每一位執筆者在曲目、專輯或項目數都有明顯的差異，但本書則將精選的一百首歌曲平均打散成五大主題，所以非常容易閱讀。

這本書也一改《用音樂解讀村上春樹》一書的章節順序，改以〈八〇年代後的音樂〉作為第一章，讓人感受到本書對讀者的體貼。我們能從各執筆者介紹同一位音樂家的次數，以及介紹內容的頁數，了解村上看待音樂的心情（海灘男孩或披頭四），也能再次確認村上不喜歡哪些音樂（杜蘭杜蘭樂團或文化俱樂部）。此外，與納京高所唱的〈國境之南〉（未錄製唱片）以及德布西的〈雨之庭〉（原為《挪威的森林》的書名）有關的撰述，都是從另一面探討村上文學的線索。可喜的是，《給我搖擺，其餘免談》《爵士群像》及《和小澤征爾先生談音樂》有幸於台灣翻譯出版，若能在閱讀上述這些書的同時，搭配《村上春樹雜文集》收錄的幾篇文章一併閱讀，肯定能進一步了解村上文學與音樂的關係。

不管是一般的讀者，還是像筆者這種不具音樂背景知識的文學研究者，本書都是一本難得的好書，再也沒有比卷末的〈村上春樹作品登場音樂全紀錄〉更實用的內容了。不過，最後仍要斗膽贅述幾句。根據本書的作者陣容所述，初期的村上的確是透過音樂與時代連結，但近年來，古典音樂的比例越來越高，該連結也越來越弱，筆者對這點也沒有異議。但相對於幾位作者以就對音樂的專業素養出發，對這一點略表不滿；從「文學」的角度來看，這或許是村上春樹與「音樂」產生了更美好的關聯性。

舉例來說，栗原曾認為〈Sexy MF〉的王子與《海邊的卡夫卡》的關聯性「非常廉價」，但從小說裡的主角卡夫卡少年是以伊底帕斯王或光源氏這類王子為雛型的這點來看，這位卡夫卡少年會聽〈Prince〉也是必然的暗示。從《刺殺騎士團長》的主題為「得到妻子」這點來看，能順應小說情節發展的理查・史特勞斯〈玫瑰騎士〉，當然比莫札特《唐喬凡尼》這個與書名相關的歌劇序曲來得更加重要。筆者雖然在此嘮叨了幾句，但完全沒有要否定本書的意思，反而更覺得這種「音樂」與「文字」的差異非常有趣，而這種差異也徹底由極有價值的本書所突顯，我也深摯相信村上作品在音樂與文字上的共鳴將更加豐饒。

1 參考傑・魯賓（二〇〇四）《聽見一〇〇%的村上春樹》周月英譯、時報出版。

前言
まえがき

「年輕的時候我聽披頭四與The Doors，讀美國的懸疑、科幻小說，看黑色電影。非常沉浸在像這種大眾流行文化的音樂、小說及電影世界裡。我只是想說點有關於自己喜歡的、並且直到現在也喜歡的東西罷了。」

這段文字是村上春樹在《為了做夢，每天早上我醒來》（夢を見るために毎朝僕は目覚めるのです）中的一則回答。在收錄村上春樹接受各國採訪的這本訪談集中，法國人問了他這個問題：「你的作品裡提到西洋大眾流行文化的次數不勝枚

舉。（中略）這是為了想與三島由紀夫、川端康成、谷崎潤一郎等人所體現的傳統日本文學有所區隔，所使用的手段嗎？」

村上春樹也在多個訪談中提到，寫小說的方法是從音樂裡學來的。舉個例子，面對美國年輕作家的提問：「音樂是否在您寫作時發揮影響？」他這樣回答：「我從十三還十四歲左右開始就非常喜歡爵士樂。音樂的確影響我很深。和弦及旋律以及節奏，還有藍調的氛圍，這些東西在我寫作時帶來很多幫助。一開始我是很想成為音樂家的。」

音樂在村上春樹的作品裡，是不可或缺的重要元素。依解讀方法不同，音樂甚至會影響村上作品的本質。但如果是鐵粉的話大概會這麼想：「這不是從以前就知道的事嗎？根本不用特別講吧！」不過在文學領域這種視野偏頗的小世界裡——可不是這樣的。

以《聽風的歌》來舉例，在村上春樹這本一九七九年發表的處女作中，海灘男孩（Beach Boys）的〈加州女孩〉（California Girls）光歌名就登場了五次，歌詞也被引用了兩次。「很重要，所以要說兩遍。」這樣的經典用語在網路上也很常被使用，可見引用兩次有多麼重要。

但是關於這首歌對作品究竟代表什麼、扮演著怎樣的角色，讀者們在瘋狂研究討論的同時，文學研究者與文藝評論家卻相對冷淡地輕視了這個議題很長一段時間。考究《聽風的歌》與〈加州女孩〉之間關連性的論文終於登場之時，竟然已是在作品發表二十年後——也就是一九九九年的事了（！）

村上春樹在前面的訪談集中雖然也提到過如〈小說中的邁爾士・戴維斯（Miles Davis）之於角色原型〉這類題目，但以邁爾士為主進行的村上春樹論述——別說存不存在，我甚至連是否真有提及邁爾士的評論都不很確定。

連村上春樹數一數二喜歡的音樂家都被這般對待，就該知道其他的音樂或是音樂人也不會好到哪裡去。

本書節選在村上春樹小說中登場的各式音樂，在解說的同時，希望可以讓人思考其在作品中的含意、角色，以及與作者精神的密切關聯。把為村上春樹小說增添色彩的樂曲以音樂種類區分，再各細選出二十首，並由五位評論家寫下評論。

雖說同樣是音樂，但如果有看過村上春樹的作品就知道，依音樂種類不同，歌曲登場的方式也有明顯不同。爵士樂有爵士樂的登場方法、搖滾樂有搖滾樂的登場方法，藉此表達作者想賦予的精神，或象徵或暗示，含意都不盡相同。由此選出的音樂，首先可劃分成搖滾樂、大眾流行樂、爵士樂、古典樂四大類。

其次，村上春樹作品很明確地以八〇年代為界，區分在此之前與之後的時代意識。以作品來說，《舞．舞．舞》是一個段落，對音樂的意識及態度也能見到同樣的分界——故在先前的四個音樂種類之外再加上「八〇年代後」，一共五個音樂種類。將「八〇年代後」作為分類名似乎有點語病，但若要用來參照小說主題的變遷與過渡，我想無論如何還是需要獨立出這個項目。

音樂評論則委由監修者栗原裕一郎信賴的各音樂類型評論家負責。雖然想盡量以對文學與音樂兩個領域皆有所涉獵的評論者為主，但畢竟主旨在音樂，所以最後決定的人選仍皆以音樂領域為主力。

負責爵士樂的大谷能生，作為薩克斯風樂手同時也是音樂評論家，著有完全解析柏克理教學法（Berklee method）的《教導憂鬱與官能的學校》（憂鬱と官能を教えた学校），其與菊地成孔合作，由各個角度論述邁爾士・戴維斯的巨作《M／D邁爾士・德威・戴維斯三世研究》（M／Dマイルス・デューイ・デイヴィスIII世研究）等一系列與作品，不只針對爵士樂、進而在音樂評論領域也引起一番震動，對其發展產生不可忽視的影響。

負責大眾流行樂的大和田俊之是研究赫爾曼・梅爾維爾（Herman Mel Ville）的美國文學學者，在漸漸將重心轉到音樂領域後，反而在音樂研究上更享有盛名。獲頒三得利學藝賞的《美國音樂史》是以白人塗黑裝扮成黑人表演的黑臉走唱秀（Minstrel Show）為起點，講述本著非自我展現、而是藉由裝扮成他人的慾望所激起的文化，改變了美國音樂史的劃時代作品。

主筆古典樂篇的鈴木淳史，該怎麼說呢，就是位古典樂樂評人（雖然本人自稱為「鬻文為生」），笑看權威性的古典樂評再寫出批判文的奇特作品《古典樂評大亂鬥》（クラシック批評こてんぱん）就出自他的手筆。雖然他也寫普通的古典樂評論，但這並沒有改變我對鈴木的看法，他的重點仍是音樂如何展現在我們的意識中。某種含意上，這也許可以說是村上春樹式的探究法。

負責搖滾樂的藤井勉並非職業評論者，但也功力高強。由書評家豐崎由美小姐主辦，以匿名書評競爭得分、角逐「書評王」的講座，在我擔任講座嘉賓時贏得「書評王」稱號的，便是藤井先生。我當時也給予他的書評最高分。與他簡單聊過之後發現他對音樂非常了解，「我現在正準備這樣的企劃，你可以幫我寫嗎？」就這樣子邀請到他了。順帶一提，豐崎小姐可是有「書評品質日本第一的上班族」之稱。

負責「八〇年代後」的栗原裕一郎是撰寫文學、音樂、經濟學等多種主題的作家。若不管分類，說起栗原的興趣就是，當某件事或某個現象本身其實是 A，卻被推測或常理判斷為B，相關討論往往會因此而難以往對的方向推進；這時栗原便會以數據及邏輯來翻轉對方的思考，最後補上一句「你看吧，我就跟你說是A吧！」（我最近終於發現到）栗原似乎對此樂在其中。同樣的精神好像也展現在他對村上春樹的興趣中。

集結以上五位作者共同執筆寫成的這本音樂參考指南，各音樂類型下收錄二十首、合計為一百首。每首曲子的評論先為點，點與點相連便成為面，面與面重疊的話又會形成立體狀。若可以藉由點點相連最終形成的立體狀態，讓村上春樹作品裡仍被隱藏著的、尚未被注意到的新樣貌浮出水面就好了。

最後再說一些本書成立的經過。

其實本書是由同樣成員寫成的《用音樂解讀村上春樹》（村上春樹を音楽で読み解く）的脫胎換骨版本。即便如此，企劃當然是重新來過，由於內容也幾乎全面更新、獨保留主旨，以書籍來說的話完全是另一本新書。

《用音樂解讀村上春樹》是出版社請託完成的。當初對方的計畫大概是像「簡單介紹村上春樹小說裡的音樂，一本輕鬆的音樂指南手冊」，不過最終也能說是所託非人，完成了既不簡單也不輕鬆、反而相當深入主題的作品。這的確比較是作者們想做的書。

《用音樂解讀村上春樹》的其中一部分得到高度評價，前些時候也出版了韓文版本。中國那裡也曾表示希望能取得授權，出版翻譯版本，但雙方聯絡一直無法搭上，就這樣無疾而終（雖然從北京直接撥來了電話，可是對方的日文實在難以理解，我又完全不會中文，最後只能雞同鴨講）。

雖然說評價並不差，但也無法說獲得商業上的成功，《用音樂解讀村上春樹》事實上已是絕版狀態。在海外出版了翻譯版本，但在日本國內卻已不復存在，這個情況還真是讓人高興不起來。既然也對現狀感到不服氣，那乾脆重新來過，藉此面世的便是這本《村上春樹一〇〇曲》。

《用音樂解讀村上春樹》雖是以音樂為主題，但走向與文體已經接近文藝評論。文藝評論的市場狹小，讀者層也極為限定，簡單來說會閱讀的只有專家與鐵粉，更別說近年來連專家、鐵粉的族群數量也漸漸減少。

想要同時吸引村上春樹的讀者們，卻把書寫得像文藝評論一樣，實是企劃者（我）的失誤。再加上村上春樹自己就很討厭文藝評論這個分類，接下來當然也不可能向讀者們推薦。

「呈現方法能不能做得再更好一點呢……」我一邊這樣想，一邊集結五位成員與編輯，大家絞盡腦汁的成果，使我們得以採取更好讀也更好懂的寫法。

……先別管這種像誇大不實療效的廣告台詞了，讀者們若能看得盡興，我便已深感榮幸。那麼，就讓我們前往村上春樹與音樂的世界吧！

16 前言

17

目次

コンテンツ

Chapter 3

Chapter 1

八〇年代後的音樂：消亡的「六〇年代價值觀」

80年代以降の音楽～「60年代的価値観」の消滅

I Zimbra

樂團
臉部特寫
Talking Heads
收錄專輯
《音樂之懼》
（Fear of Music）
一九七九

登場作品
《舞・舞・舞》
※ 只出現專輯名稱

臉部特寫在一九七七年時以單曲〈Psycho Killer: 77〉出道，便獲得新浪潮（New Wave）及龐克先驅的評價，並取得一席之地。但後來在第四張專輯《Remain in Light》（一九八〇）大膽轉向，收錄曲目皆以單一和弦貫穿，帶給聽眾非洲節拍樂（afrobeat）般的節奏。這個轉變脫離以和弦表現起伏的白人流行樂大原則，再加上為了獲得節拍而納入黑人樂手，種種「犯規」的行徑引起支持者與反對者激烈的議論，像是白人掠奪黑人音樂、違背搖滾精神的隨便做法等（現在回過頭來看是很莫名其妙的言論，但在當時是非常認真的批評）。

然而在前一張專輯《Fear of Music》（一九七九），臉部特寫其實就已經試著導入非洲節拍樂，第一首〈I Zimbra〉也不是透過和弦進行，而是只用節奏和旋律完成的曲子，可以看作是為《Remain in Light》預埋的伏筆。臉部特寫這種非西洋曲風的傾向被稱做「後龐克」（Post-punk）。

閱讀村上春樹的《舞・舞・舞》後，第一個注意到的是主角的「我」對於從收音機裡流洩出的、占據排行榜的音樂十分嗤之以鼻：無聊……好像是為了要搜刮青少年手裡銅板的大量消費音樂垃圾[2]。唾棄到如此地步。小說舞台是一九八〇年，正好就是MTV的時代。

在這之中，唯一沒有被否定的臉部特寫專輯《Fear of Music》登場了。是什麼讓臉部特寫獨立於同個時代、大量的消費音樂垃圾之外呢？

依作者的說法，《舞・舞・舞》被定位為青春的哀愁三部曲（《聽風的歌》《一九七三年的彈珠玩具》及《尋羊冒險記》）的續篇。村上春樹曾在訪談中提到，青春的哀愁三部曲是訴說「我」是如何想生在七〇年代，《舞・舞・舞》的目的則是在探索度過整個七〇年代的「我」，如何在八〇年代生存下去。「我自己非常想知道他是怎麼樣在八〇年代生存的。就單純地有興趣。」（《DAYS JAPAN》一九八九年三月號）

這裡的關鍵是「六〇年代價值觀」，這是村上春樹自己使用的詞彙。七〇年代是這個六〇年代價值觀還勉勉強強有影響力的時代，這套價值觀到八〇年代就不再通用了；村上春樹是這麼區分的。六〇年代價值觀是指巴布・狄倫、海灘男孩、門戶樂團、披頭四等村上春樹的偶像樂手帶給他的價值觀。在某種意義上，青春的哀愁三部曲也可以說是描寫他們所呈現的、六〇年代價值觀被耗損殆盡的過程。

在《舞・舞・舞》的開頭，「我」抱怨MTV那類的音樂，也就是對於六〇年代價值觀已完全崩壞的怨懟罷了。

真要說的話，免於淪落的《Fear of Music》似乎透露出值得期待、或是新價值觀的預感——替代被抹滅的六〇年代價值觀——龐克／新浪潮風格旋風般地結束，改而由後龐克在非西洋的節奏中延續並貫徹其理想。《舞・舞・舞》裡，羊男對著束手無策的「我」說——跳舞吧。

2　為方便讀者對照，本書中村上春樹文章之中譯僅參照時報出版之村上作品系列。

Hungry Heart

歌手
布魯斯・史賓斯汀
Bruce Springsteen

收錄專輯
《河流》
(The River)
一九八〇

登場作品
《舞・舞・舞》
《刺殺騎士團長》

《舞・舞・舞》的「我」與雪一起來到夏威夷時，對著收音機裡播放史賓斯汀的〈Hungry Heart〉想著：一首好歌。世界還沒有被遺棄。D.J. 也說這是首好歌。

向來唾棄MTV那類流行歌曲的「我」，這下卻讚賞起史賓斯汀來，讀者想必覺得摸不著頭腦吧：「說一個唱著迎合體制的歌〈Born in The U.S.A.〉、又被雷根利用的傢伙『很棒』，到底是怎麼回事？」《給我搖擺，其餘免談》中，村上春樹提到史賓斯汀時，其實有仔細解釋這樣的想法並不正確。對於沒有任何人幫他們發聲的美國勞動階級，史賓斯汀就是他們的代言人。史賓斯汀音樂作品中傳達的世界觀，與有著相同際遇的作家瑞蒙・卡佛（Raymond Carver）的小說，可說如出一轍。

史賓斯汀出生於紐澤西州東北部的小鎮弗里霍爾德（Freehold）：一個產業衰退、俗稱鏽帶（Rust Belt）的地區。一九七三年出道時，他曾被稱作小巴布・狄倫（Bob Dylan），但馬上就以唱出勞動階級心聲的搖滾歌手身分，鞏固了自己的表演地位。

〈Hungry Heart〉是一九八〇年發行的雙CD專輯《河流》收錄的一首單曲，在日本的話，佐野元春的原曲〈Someday〉也許較為人所知。更令村上春樹訝異的是，體育館裡的上萬名聽眾竟然能毫無阻礙地合唱（也就是說把歌詞都背起來了）這首鬱暗曲折、有著複雜歌詞的歌。

〈Born in The U.S.A.〉到現在還是被誤解。它從來都不是讚揚美國，反倒是「到死都沒有救贖沒有出口，這就是生於美國」、充滿絕望的一首歌。各式各樣的因素及誤解，造成了原本不可能出現的轟動暢銷，最後甚至成為社會現象——完全相反的回應也為史賓斯汀的演出烙下陰影——讓人聯想到當年風靡一時的《挪威的森林》。

村上春樹對史賓斯汀（和卡佛）的解釋還有一點很有趣，美國的非主流文化是由垮掉的一代、嬉皮運動、反戰運動為主，此後終於走到了後現代主義。部分說法指出，正是有與之背道而馳的這兩人，才有了八〇年代的現實。

「說老實話，當時他們倆根本沒閒功夫參加這些運動」「兩人就這麼發展出了自己嶄新的世界觀，到了反抗文化瀕臨潰滅狀態的一九七〇年代中期，終於開始展現強烈的說服力。」[3]

最後，曾經承載知識菁英階層的非主流文化抽離了大眾現實並逐漸失速，而在日本也是殊途同歸。史賓斯汀與卡佛對於非主流文化的距離感，與村上春樹對於學生運動覺醒的想法可說頗為相似：這點可由新文學派評論家無一例外地強烈抨擊村上春樹、對他表達明確的排斥可以看出。

知道了村上春樹對史賓斯汀的評價，就可以看出短篇〈泳池池畔〉裡，讓主角聆聽收錄了飽含鏽帶絕望感的〈Allentown〉等歌曲、比利・喬的專輯《尼龍窗簾》，並不是隨意的安排。對照村上春樹的同理心，二〇一六年美國總統大選與白人勞工之間的關係，他應該會有很多想法，但似乎沒有表達出來。川普當選總統後發表的作品《刺殺騎士團長》裡也出現了《河流》這張專輯，不過「我」只單單提到這張專輯不能用ＣＤ、應該要用黑膠來聽，讓它繼續當個闡述感想用的無聊小道具。

3 出自《給我搖擺，其餘免談》：〈布魯斯・史賓斯汀和他的美國〉。

003

Ingrid Bergman

樂團
比利・布瑞 & 威爾可合唱團
Billy Bragg & Wilco
收錄專輯
《美人魚大道》
（Mermaid Avenue）
一九九八

登場作品
《給我搖擺，其餘免談》
《村上 SONGS》

〈Ingrid Bergman〉（英格麗・褒曼）歌詞來自鄉村歌曲祖師爺伍迪・葛斯利（Woody Guthrie）未發表的遺作，英國創作歌手比利・布瑞為之譜上旋律，再與美國威爾可合唱團合作錄音，作品收錄於專輯《美人魚大道》。葛斯利之前沒有發表過的歌詞，由布瑞與威爾可譜曲，使其成為完整的作品。

專輯最初在一九九八年發表，評價甚高並提名葛萊美獎；之後在二〇〇〇年發行的《美人魚大道・第二輯》也相當受歡迎。在伍迪・葛斯利冥誕一百周年的二〇一二年，合輯《美人魚大道全收錄》（Mermaid Avenue: The Complete Sessions）問世。

一九五〇年代以後，由於麥卡錫主義與病痛的關係，伍迪・葛斯利結束了他的歌手生涯，但直到一九六七年逝世為止仍創作不輟，留下了大量未發表的作品，其中絕大多數只有歌詞。伍迪・葛斯利的女兒諾拉請比利・布瑞為父親的遺稿譜曲，就是這張專輯的起點。

村上春樹在《給我搖擺，其餘免談》及《村上ＳＯＮＧＳ》中皆提及《美人魚大道》。

《給我搖擺，其餘免談》中用了一個章節闡述伍迪・葛斯利，開頭便是《美人魚大道》；村上春樹先是對伍迪・葛斯利感興趣，接下來是威爾可合唱團，對比利・布瑞似乎不甚在意的樣子。書中其他地方也說到，有些他定位為必買的音樂家，只要發行專輯就一定購入，威爾可合唱團就在名單之中。

村上春樹在《村上ＳＯＮＧＳ》一書中為心愛的歌曲翻譯日文歌詞、撰寫心得，由和田誠負責插畫，是一本「寫好玩的書」。其中的〈Ingrid Bergman〉歌詞是這樣的：

英格麗・褒曼、英格麗・褒曼／
一起在斯特龍博利島拍電影吧／英格麗・褒曼、英格麗・褒曼／
……
這座蒼老的山也等了好久／等著妳來將它燃起／
等著妳來用手觸摸這堅硬的岩石／
英格麗・褒曼、英格麗・褒曼

一看便知是帶有性暗示的歌曲（更多是大叔哏），不過既然舞台選在「斯特龍博利島」，村上說這也可以稱作是政治的英格麗・褒曼。在主演勞勃・羅塞里尼（Roberto Rossellini）執導的《火山邊緣之戀》（Stromboli）時，褒曼與導演陷入不倫戀並生下一子，她拋下好萊塢遠渡義大利，與他一起走上製作控訴這個世界的電影這條路。「斯特龍博利島」這句歌詞指稱的就是這件事。

我對於在有關葛斯利的評論中可以見到難以在小說中發現的、村上春樹的政治意識，覺得非常有意思。葛斯利是盲目信服共產黨綱領的、實實在在的左翼勞工運動人士，他的歌為勞工的苦悶生活發聲，亟欲作為治癒他們辛酸勞苦的工具及反抗的武器，而布瑞據信著迷於葛斯利勞工運動人士的一面。

雖然對葛斯利也有著共鳴，但在耶路撒冷文學獎得獎感言中說「在高牆與雞蛋之間，我選擇站在雞蛋那一邊」的村上春樹，相較之下顯然是對葛斯利的複雜人格更感興趣。葛斯利的理想與現實相悖、擁有若有似無的多重人格，演戲時不會背離大眾印象的葛斯利，村上春樹是無法像自由主義者那樣將他視為聖人的。

就村上來說，賦予質樸且不矯飾的理想主義歌曲永生，可說是葛斯利的音樂才華。也就是憑藉如此多樣的才能，葛斯利才能維護這些脆弱的理想，並讓為數眾多的音樂家們得以承繼，至今也被認為是理想音樂家的榜樣。

4 《村上SONGS》（村上ソングズ）台灣未出版。

愛について

歌手
菅止戈男
スガシカオ
[Suga Shikao]
收錄專輯
《FAMILY》
一九九八

登場作品
《給我搖擺，其餘免談》

村上春樹的小說裡幾乎沒有出現過日本的搖滾、流行樂或歌謠，就算有也只是一個時代風潮的符號，舉例來說就像：什麼近藤真彥、松田聖子什麼的多無聊，我可聽不下去。Police最棒了。一整天都聽不膩呢。（《世界末日與冷酷異境》）。

《給我搖擺，其餘免談》是村上第一本正式的音樂評論集，我對於菅止戈男竟與布萊恩・威爾森（Brian Wilson）、舒伯特、史坦・蓋茲（Stan Getz）、伍迪・

葛斯利等名字並列感到吃驚。菅止戈男的〈バクダンジュース〉也出現在《黑夜之後》（二〇〇四）裡——我也想過「啊咧？」不過因為只是描寫在超商店內撥放的音樂而已，與一直以來使用日本音樂的方式並無任何區別；也因為有過這樣的想法，村上春樹會如此大費周章地評論菅止戈男，真的讓我非常意外。

有一說是，村上春樹會開始聽菅止戈男，是因為他發行第一張專輯《幸運草》（Clover）時送了公關 CD 過去。「至於他們為什麼會寄這張 CD 給我，理由就不清楚了。至今還沒收到過幾個人寄來的試聽樣品呢。儘管村上如此寫道，但公關 CD 似乎是菅止戈男本人親自送過去的。菅止戈男本來就是村上的瘋狂書迷。

從那之後，兩方便維持友好的關係，二〇一六年，村上也為菅的新專輯《The Last》寫了約三千字的 CD 封底介紹。

村上著眼於評論菅所擅長的、在音線與和弦變換中所表現出的「個人慣用語」之獨特性、高完成度的編曲、出其不意的歌詞等要素，其中深入解讀歌詞的嘗試特別引人矚目。訴說著挑選字句的方法與因而編構起的感觸，發表如此審美意見就不是很常見的村上春樹。由於普遍不提日本音樂，論及歌詞也就更稀奇了。將意象轉化為有形、層層代換堆疊的評論法，依角度不同，看起來就如音樂人一般，這在所有村上的評論文中也相當特異。村上的評論文與小說不同，基本是固態的。有關菅的歌詞，如同音樂製作人松尾潔所述，菅身為「春樹CHILDREN」，看得出確實受到村上影響（https://mora.jp/topics/rensai/matsuo06-2/；「松尾潔的MELLOW歌謠POP第6曲目：菅止戈男「愛について」（1998）」）。

村上對菅的讚賞基本出於其音樂徹底脫離了歌謠、日本流行音樂的制度或是國格。每當我戴上耳機，宛如大海撈針在JPOP的新專輯中尋寶時，常會心想：「什麼嘛，包裝這麼時髦，到頭來裡頭也不過是『帶點節奏的歌謠曲』嘛。」但是菅不一樣。就算是像慢歌那樣、歌謠的魔掌容易伸進的曲風，也絕不至於朝「歌謠曲」的方向直線滑落。

近田春夫也是從以前就給予菅高度評價的人之一，同樣指出這首由八小節循環的和弦所構成的〈愛について〉，特地避開了歌謠式的老舊感。「我常常在想，日本的流行樂最落伍的就是這種老舊的概念。不管在過程中多麼小心翼翼，只要一不小心落入這個窠臼，就會變得極為華麗以及超出想像的和諧。無論怎麼假裝現代摩登，落入這樣的做法就跟五、六〇年代的流行樂一模一樣了。（中略）／菅止戈男很了解這一部份，所以就算用同樣的小節循環做出曲子，聽起來也不會無聊」（《人氣歌曲想想二》）

雖然只限定在和弦變換，但是村上和近田都對菅給出相同的評論、針對同樣的事物予以讚賞。這與繼〈I Zimbra〉之後、臉部特寫開始的嘗試（小節循環與單一和弦上雖然有所差別）本質上是如出一轍的。

Billie Jean

歌手
麥可·傑克森
Michael Jackson

收錄專輯
《顫慄》
（Thriller）
一九八二

登場作品
《給我搖擺，其餘免談》
《發條鳥年代記》
《1Q84》

雖然從〈顫慄〉得到靈感還寫出了《殭屍》這個短篇，但村上春樹對麥可·傑克森仍相當冷淡。即便如此，村上仍總是在作品中提到收錄於同一張專輯裡的單曲〈Billie Jean〉。舉例來說，《舞·舞·舞》中閒暇無事的「我」正沉溺於以古埃及為舞台、五反田君與茱蒂·佛斯特的戀愛電影妄想之時，麥可·傑克森在兩人之間冷不防地出現。

他因為熱戀而從阿比西尼亞千里迢迢地穿過沙漠來到埃及。在商旅隊的營火之前抱著手鼓一邊唱著〈Billie Jean〉一邊跳舞。[5]《1Q84》裡，在首都高速公路上遇到大塞車的青豆打算從太平梯離開國道二四六號線時，那個就像在跳脫衣舞的情境，背景音樂就是這首曲子。

〈Billie Jean〉的歌詞相當露骨。「我」誤入了如同電影裡走出來的美女比莉．珍的陷阱，被他人認為是她孩子爸爸的故事，歌詞裡面有句「當心了，謊話也可能成真」；雖然這句歌詞可看作與《1Q84》的主題相關，但因此妄加連結就有點過度解讀了。重點大概是在《舞．舞．舞》後半登場的麥可・傑克森的歌像清潔的疫病般覆蓋了全世界這種表現方法。《舞．舞．舞》雖然用了各種玲瑯滿目的單詞來形容八〇年代，但其中也提到是哲學被「詭辯化」的時代，指世界已經由撒好撒滿的資本大網過篩，一切價值都被極其細分、相對化的時代。在這種世界，哲學逐漸類似經營理論。「清潔的疫病」與「詭辯化的哲學」所指的幾乎是同一件事。這樣的世界象徵正是〈Billie Jean〉中選的原因。

5　此中譯本未譯出歌名。

Follow You Follow Me

樂團

創世紀
Genesis

收錄專輯

《然後三人留下來……》（...And Then There Were Three...）
一九七八

登場作品

《舞・舞・舞》
※ 只出現樂團名

「GENESIS——又是個名字無聊的樂團……創世紀……為什麼只不過是一個搖滾樂團而已，卻非要取一個這樣了不起的名字不可呢？」

《舞・舞・舞》中有非常多「這不是在找碴嗎？」的批評，不過在這之中被講最難聽的，就屬可憐的創世紀了吧。在這裡被「我」鄙視的，無非是指彼得・蓋布瑞爾（Peter Gabriel）退團後由菲爾・柯林斯（Phil Collins）接下主唱位子、成為樂團門面發行的《然後三人留下來……》（一九七八），之後流行色彩漸強、變得迎合大眾口味的後期創世紀。

創世紀的大眾流行路線在以〈Invisible Touch〉獲全美排行榜冠軍的一九八六年到達高峰，〈Follow You Follow Me〉雖然在全美排名最高只到二十三、全英排名則停在第七，卻幫前者鋪好了通往全美冠軍的道路。菲爾・柯林斯清爽地唱著這首「我將跟隨你，那你也跟著我吧」的幼稚情歌，對從以前就支持創世紀的歌迷來說無疑是一種背叛。說是完全轉換風格嘛倒也不對；從整體來看，《然後三人留下來……》的音樂構成複雜又戲劇性的發展，整張專輯還是殘留著前衛搖滾的影子。向即將來到的八〇年代出賣靈魂的創世紀，也難怪《舞・舞・舞》的「我」會如此唾棄了——不過事實恐怕沒那麼複雜。由於「我」等於村上春樹，所以不得不懷疑是否村上原本就沒有那麼喜歡前衛搖滾。

還有其他被找碴的樂團：「Human League（人類聯盟）。好笨的名字。怎麼會取一個這樣無意義的名字呢？」「Adam Ants。怎麼取個這麼無聊的名字呢。」好吧，從這裡的例子，似乎不是不能了解「我」等於村上春樹的心情。

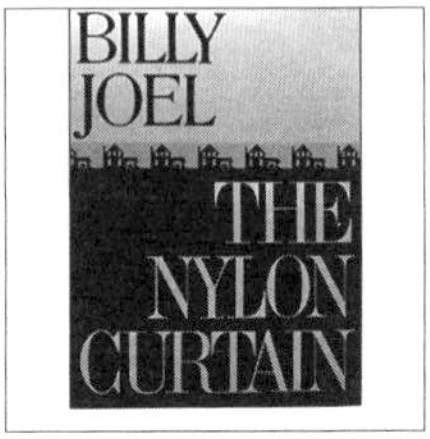

Allentown

歌手

比利・喬
Billy Joel

收錄專輯

《尼龍帷幕》
（The Nylon Curtain）
一九八二

登場作品

〈游泳池畔〉
（《迴轉木馬的終端》）

比利・喬的人生充滿憂鬱。由新搖滾樂團 The Hassles 出道但紅不起來，後來與另一個一起退團的團員組成重金屬雙人組 Attila（為什麼變成重金屬？）但還是沒人氣；單飛後，終於如願以償出了專輯——不過被製作人修改了作品還依舊沒有亮眼的成績，一路的不順遂讓他罹患憂鬱症。

換了唱片公司之後，星途開始好轉：《陌生人》專輯大紅大紫，賣破一千萬張。終於迎來人生開花結果之際，卻與一直以來支持自己的經紀人妻子感情破裂，最後又遭遇交通事故（騎摩托車），骨折進了醫院。傳說《尼龍帷幕》是他入院期間看著醫院簾幔想到的標題。不知道是不是將無機物的質感重疊到自己身上，這張專輯突出了以前未曾出現過的社會派主題。開頭的〈Allentown〉所唱的是遭遇不景氣而關閉的鐵工廠，與在此工作的勞工絕望心情。專輯主打〈晚安西貢〉（Goodnight Saigon）則是唱著被送去越南打仗的年輕士兵們毫無救贖的未來。這時候的比利大概三十五歲，也許看清了翻身的必要性。

就我個人的角度看，村上春樹的短篇〈游泳池畔〉也是在講述一位滿三十五歲、人生來到轉捩點、前半生已悄然結束的男子的故事。在這個年齡可說是非常成功，沒什麼好抱怨的他從收音機聽到〈晚安西貢〉一曲後淚流滿面。自己為什麼在哭？他無法了解，在這之前播放的是〈Allentown〉。他為了搞清楚自己的心情是怎麼回事而想購買《尼龍帷幕》。「你怎麼會想買比利・喬的LP呢？」對於妻子的疑問，他只笑笑，沒回答。「他」的設定與比利・喬同個世代，作者讓「他」聽到《尼龍帷幕》並不是隨意為之；關鍵是「憂鬱」。

Do You Believe in Love

樂團

修・路易斯與新聞

Huey Lewis & The News

收錄專輯

《Picture This》

一九八二

同樣是MTV時代的一員、舞台搖滾的典範、感覺《舞・舞・舞》的「我」肯定會大加鄙夷的樂團，修・路易斯與新聞反而贏得村上春樹的好感，儘管只在《人造衛星情人》及《1Q84》兩本小說中出現，村上倒是在《THE SCRAP——懷念的一九八〇年代》中寫道：「我個人一直很支持他們」；在《村上朝日堂斯米迪亞科夫對織田信長家臣團》裡也提到，他心目中八〇年代以後的美國搖滾時序是：修・路易斯與新聞—R.E.M.—Wilco。

登場作品

《1Q84》

《人造衛星情人》

※只出現樂團名

在《人造衛星情人》裡，樂曲登場的方式是：二十五歲的「我」對小三歲的小堇抱有強烈的愛意，小堇卻與比她年長的女性妙妙激烈地墜入情網。小堇與妙妙出發去希臘後便再無音訊，而「我」既想念小堇同時又與人妻女友性交，上床之後到酒吧消磨時間，那時喇叭放送的便是那首令人懷念的曲子。

故事中樂團的歌曲大紅「只是幾年前的事而已」，說「懷念」似乎時間也太近了。「就在不久以前，我還確實是在往成熟邁進的未完全的途中。」這件事在不知不覺間結束，如今已是「被關在一個密閉的圈圈裡」「在同一個地方一直不停地繼續兜圈子打轉。」精神上的隔絕帶給「我」有別於時間的另一種懷念。

這種感慨有種既視感。收錄〈游泳池畔〉的《迴轉木馬的終端》在前言中提到規定人生的「系統」，也出現相同的無力感；再者，《舞・舞・舞》中的羊男說「意義什麼的本來就沒有。即使如此，也只能繼續跳舞。」一語道破「高度資本主義社會」相同的本質。換句話說，雖然修・路易斯與新聞活躍於八〇年代以後，但精神上則延續了七〇年代的「六〇年代價值觀」，「懷念」也是由此而來。

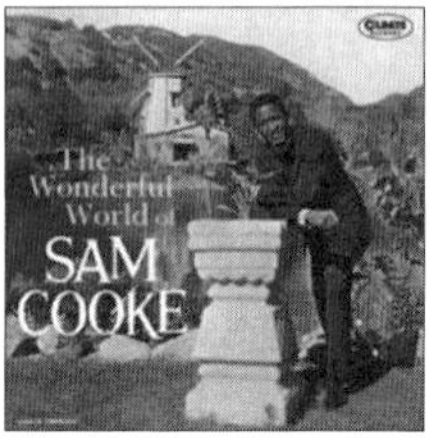

Wonderful World

歌手
山姆・庫克
Sam Cooke
收錄專輯
《多麼美好的世界》
（The Wonderful World of Sam Cooke）
一九六〇

登場作品
《舞・舞・舞》

《舞・舞・舞》中，帶著十三歲美少女小雪從飯店準備回東京的「我」，遇到大雪必須在機場等待四個鐘頭，決定租車與小雪開車兜風殺時間兼轉換心情。在車內，小雪留意到「我」向租車公司櫃檯借的老歌錄音帶，說想要聽聽看；一按下播放，便傳來山姆・庫克的〈Wonderful World〉。

「不錯的歌。Sam Cooke，在我初中三年級時被子彈打死了。」

被稱為「靈魂樂之王」的山姆・庫克死於一九六四年，因為一起到飯店開房間的女子逃走而暴怒，幾乎是光溜溜地闖進管理員室大吵大鬧，結果被嚇壞的女管理員射殺。山姆・庫克的音樂當然完全不是那種「拿來搜刮青少年零錢的大量消費音樂垃圾」，但在這裡也並非是要稱讚山姆・庫克做的是真正的音樂。「我」在小雪這個年紀的時候，覺得「搖滾樂。全世界沒有比這更棒的事了」，但現在已經「沒有那種熱情」也「沒有以前那麼感動」；從前「再怎麼微小、微不足道的細節，都可以寄託震動人心的感受」，現在恐怕是再也做不到了。改變的不是時代，而是「我」的想法。

儘管如此，山姆・庫克還是以特別的音樂之姿登場。「在學校要學習的科目內容我不是很懂，但我清楚知道我很喜歡妳。」乍聽之下是首幼稚情歌。但是，與公民運動息息相關的山姆・庫克不可能「對歷史不太清楚」。實際上，這首歌雖然是由固定搭檔盧・阿德勒（Lou Adler）與賀伯・艾伯特（Herb Alpert）創作，歌詞卻是由山姆改訂。

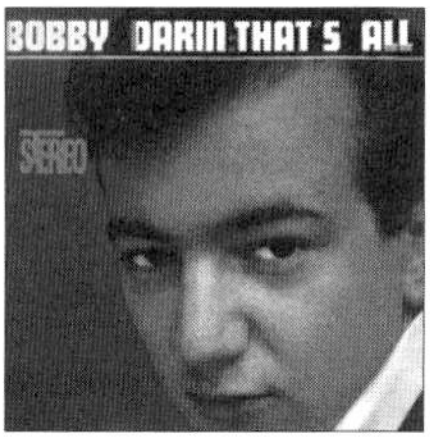

Beyond the Sea

歌手
巴比・達林
Bobby Darin
收錄專輯
《這就是全部》
(That's All)
一九五九

登場作品
《舞・舞・舞》
〈哈那雷灣〉
(《東京奇譚集》)

小雪要求要聽的老歌錄音帶，每當新的一首歌開始播放時，「我」就開始說個不停：「Buddy Holly也死了。是飛機失事。」「Bobby Darin也死了。」「Elvis也死了。麻藥中毒。」強調大家都死了。沒寫出死因的只有演唱〈Beyond the Sea〉的巴比・達林。一九七三年，他因心臟疾病而在三十七歲時英年早逝。感覺起來不太像是搖滾或流行明星。在當時，他的音樂事業急速發展，就像急著在有限時間內橫掃流行歌壇，某種程度來看比搖滾明星更能體現「六〇年代價值觀」。

村上常在作品中用到巴比・達林，擔任不顯眼的古雅配角。具體來說，在《一九七三年的彈珠玩具》《舞・舞・舞》《人造衛星情人》與〈哈那雷灣〉（《東京奇譚集》）都能見到他的名字。

幼年便罹患風濕性心臟病，猶如抱著一顆不定時炸彈，醫生宣告他只能活到二十五歲，巴比決心要讓自己在此之前揚名立萬——也果真在二十三歲前唱出三首百萬暢銷金曲。當個名噪一時的藝人也許很好，但在一九六〇年代，他開始關心政治並轉而對民謠及抗議歌曲感興趣，翻唱了與巴布・狄倫各擁山頭（儘管最後以悲傷結局收場）的創作歌手提姆・哈汀（Tim Hardin）的歌曲——同時也為他寫歌。一九六八與羅伯特・甘迺迪一起跑總統大選行程，甘迺迪遇刺時他也在現場；差不多在同時間得知自己出生祕密的巴比，因深受雙重打擊，遂退出螢光幕前。他在七〇年代初復出，心臟卻已開始惡化，只能靠人工心臟瓣膜維持生命，併發敗血症後的緊急手術並沒能讓他恢復意識，達林從此撒手人寰。

Imitation of Life

樂團
R.E.M.
收錄專輯
《再次顯現》
（Reveal）
二〇〇一

登場作品
《村上SONGS》

R.E.M. 是美國代表性的獨立另類搖滾樂團，一九八三年推出首張專輯，第四張專輯《Document》不僅是獨立音樂同時也是百萬唱片；從一九八八年的《Green》開始加入大型唱片公司，是公認的人氣樂團。我記得通常在介紹他們時一定會以「從校園出身的明星」「校園搖滾之王」來形容他們。雖然在二〇〇七年進入「搖滾名人堂」，卻於二〇一一年解散。

為了寫這篇評論，我在 Spotify 上看了一下他們的作品集，驚訝地發現幾乎所有專輯我都聽過了。連自己都很意外有這麼常聽 R.E.M. 的音樂。感覺每次聽都沒意識到是 R.E.M.……但就會這樣一直聽下去。

樂團解散時，樂評家高橋健太郎在推特上寫道，R.E.M. 的音樂「音樂性不足」。「啊！原來如此」我恍然大悟。這裡引用據說是比利・布瑞的話，把音樂性的裡 HOOK 要素削弱，最終只剩下旋律及氛圍還有印象的意思。

《村上 SONGS》是村上以玩心翻譯愛歌歌詞作品的書，書裡提到 R.E.M. 的〈Imitation of Life〉——「是我長久以來最喜歡的一個搖滾樂團」——收錄於二〇〇一年專輯《再次顯現》。村上提到 R.E.M. 很多次，但沒有讓他們在小說中登場過。

「這個樂團創作的音樂經常有著難以動搖的『核心』，就算風格微妙地改變，核心也不會變質或異動。」村上這樣描述他為什麼喜愛 R.E.M.。「音樂性不足」的看法也大抵如此。

KID A

樂團
電台司令
Radiohead
收錄專輯
《KID A》
二〇〇〇

登場作品
《海邊的卡夫卡》

《海邊的卡夫卡》故事從十五歲的少年卡夫卡離家出走開始。電台司令的《KID A》、王子的《Greatest Hits》、約翰・柯川的《My Favorite Things》，離開家的他選擇帶著上路的專輯都帶著點不可思議的感覺，用卡式隨身聽反覆地播放。

不想回家的少年卡夫卡，過去的放學時間都在圖書館裡度過，「除了看書也在視聽室聽CD。就把那裡所有的東西開始依順序一一聽下去。我就是這樣遇到艾靈頓公爵、披頭四、齊柏林飛船音樂的。」

搭乘深夜巴士抵達高松的少年卡夫卡，果然還是去了圖書館。少年的卡式隨身聽可以錄音，電台司令、王子、柯川也許是在高松重新錄好的。

電台司令的第四張專輯《KID A》首次在全美獲得冠軍，儘管甫出道時是以油漬搖滾、另類搖滾受到矚目，但從第三張專輯《OK電腦》開始追求後搖滾及電子類的音響，《KID A》更是建構在更加抽象的聲音當中。電台司令最特別就是團長兼主唱的湯姆・約克（Thom Yorke）內向的心性（也可說是偏執），而《KID A》則將它發揮得淋漓盡致。非常適合少年卡夫卡。

《海邊的卡夫卡》在發行當時開設了期間限定的網站「少年卡夫卡」。村上會親自回答讀者來信——竟回了一二二〇封！收錄在村上春樹與責任編輯取名的《少年卡夫卡》；雖然只出現在兩處，但有非常多的讀者對電台司令有反響。對於《KID A》，村上也描述「真的是非常棒的一張專輯，如果我現在是十五歲的話，應該會愛不釋手吧」。

Sexy M.F.

歌手
王子
Prince
收錄專輯
《愛情符號》
（Love Symbol）
一九九二

登場作品
《海邊的卡夫卡》

跟電台司令相比，《海邊的卡夫卡》裡，少年卡夫卡聽王子聽得比較勤，但並不是很適合他。真要說的話，給人一種很唐突的感覺。

具體在小說中登場的王子有兩首歌。〈Little Red Corvette〉，收錄於一九八二年發行的雙CD專輯《1999》，這支單曲讓王子第一次衝到全美排行榜前十名，是把人盡可夫的女子比喻成一部紅色小車的性感名曲。〈Sexy M. F.〉則是收錄在俗稱《愛情符號》（專輯名稱是王子自創符號，無法寫出所以都這樣稱呼）的專輯裡，也曾發行單曲，原本是拿來侮辱、咒罵他人的「mother fucker」儘管在此反轉為稱讚女性的形容詞，當然還是飽受批評。

《海邊的卡夫卡》以伊底帕斯神話為題材，卡夫卡犯下隱喻上的殺父罪以及與對母親的亂倫罪（說到底還是隱喻上），這樣的少年聽著〈Sexy M. F.〉，以村上的選曲風格來說可是非常隨便。

雖然設定少年卡夫卡聽的是《Greatest Hits》，但這張精選輯其實並不存在。收錄有上述兩首歌曲的精選輯在小說發行當時只有《The Hits》及《The Hits/The B-Sides》這兩張。正因為村上對音樂的各種細節一直是層層把關又精挑細選，反而讓人特別注意到他對王子的隨意對待。

《海邊的卡夫卡》是首部主角不是作者分身的長篇小說（《人造衛星情人》的「我」餘味還在），在本篇作品後，作者對音樂的選擇及功能也跟著改變。選擇王子音樂這件事本身，就像在分界線上浮現的偏移。

All I Wanna Do

歌手

雪瑞兒・可洛
Sheryl Crow

收錄專輯

《星期二夜晚俱樂部》
（Tuesday Night Music Club）
一九九三

登場作品

《刺殺騎士團長》
※只出現專輯名

《給我搖擺，其餘免談》裡，村上列出幾組只要出專輯就一定會買的歌手及樂團，其中便包括雪瑞兒・可洛。雖然歌手的名字從不曾出現在小說之中，但在其最新作品《刺殺騎士團長》開頭的一幕，妻子突然提出離婚要求後離家、而「我」漫無目的地開車兜轉時，車子CD音響播出的便是雪瑞兒・可洛的出道專輯《星期二夜晚俱樂部》。

最早提到雪瑞兒・可洛的，是收集村上從一九九三年起待在劍橋時、持續兩年之久的隨筆集《尋找漩渦貓的方法》。首先說到「最近常聽」，後半也再提了一次。

現在大家都知道，第二首單曲〈All I Wanna Do〉原本的歌詞在正式公開前被擋下。「沒有更好的歌詞嗎了？」這樣想著的雪瑞兒・可洛在加州的舊書店翻到一本詩集，並從裡面找到了現在的歌詞（也有一說是製作人發現的）。她採訪詩人的新聞片段也成為話題。

「這首 *All I Wanna Do* 是他很久以前在自己詩集中發表過的詩，那詩集以他的話來形容，據說是『世界上除了我之外可能誰也沒讀過。』而且當然也從來沒有被評論過，就那樣不知消失到哪裡去了。」

村上並沒有提到詩人的名字。詩集是韋恩・庫柏（Wyn Cooper）創作的《The Country of Here Below》，詩名是〈Fun〉。一九八七年出版的處女作只印刷了五百本，因為雪瑞兒效應，只花了幾個禮拜就賺到相當於前一年的整年度收入，但是並沒有大型出版社討論再版的計畫。就只能是這樣了吧。

The Reflex

樂團

杜蘭・杜蘭
Duran Duran

收錄專輯

《雄心壯志》
（Seven and the Ragged Tiger）
一九九三

登場作品

《世界末日與冷酷異境》
《舞・舞・舞》
《刺殺騎士團長》
※ 只出現樂團名

《刺殺騎士團長》出現杜蘭・杜蘭時，我想著「還來啊？」不禁笑了出來。「我」搭上雨田政彥Volvo那一幕，政彥把「一九八〇年代的暢銷歌曲」卡帶放進車用音響。「Duran Duran或Huey Lewis之類的。ABC的〈The Look of Love〉播出時，我對雨田說。／『這部車的內部好像停止進化了。』」

杜蘭・杜蘭出現在村上的作品紀錄，可以追溯到很久以前，在《世界末日與冷酷異境》中就已被偏執地使用。在無法自理的情況下，「我」被魯莽的情侶檔用Nissan Skyline載著跑。車用音響裡，像個笨蛋似地演唱的是杜蘭杜蘭。《舞．舞．舞》裡也有他們的身影，不過只有丟出一句缺乏想像力的Duran Duran。但比起喬治男孩（Boy George）來說已經還算好的了。

Do You Really Want to Hurt Me

樂團

文化俱樂部
Culture Club

收錄專輯

《理智的吻》
（Kissing to Be Clever）
一九八二

登場作品

《舞・舞・舞》
※ 只出現喬治男孩這個名稱

《舞・舞・舞》將八〇年代的西洋音樂批評得一無是處，而特別被嘲諷挖苦的是文化俱樂部的喬治男孩。小雪問剛從拘留所出來的「我」：「警察局愉快嗎？」他這樣回答——「就像喬治男孩的歌一樣糟。」小雪十分厭惡被喊作「小公主」，強烈要求「我」不許再這樣叫她。「我」直接答應並回覆她以下的道歉——「我對 Boy George 和 Duran Duran 發誓。」要激勵小雪的時候則是這樣說的——「像喬治男孩那樣唱歌差勁的肥胖人妖都能當上明星。一切全靠努力。」

整體過於得意忘形以致有點失敗的《舞・舞・舞》，對喬治男孩的輕蔑也有點過頭。我想作者也是這樣想的，藉由小雪的嘴巴道出「你為什麼老是把喬治男孩當作眼中釘呢？」藉以調侃自己。

017

Boom Boom Pow

樂團

黑眼豆豆
Black Eyed Peas

收錄專輯

《能量豆陣》
(The E.N.D.)
二〇〇九

登場作品

〈沒有女人的男人們〉
(《沒有女人的男人們》)
※ 只出現組合名

為了針對本書主題撰文，在閱讀村上新作時，我常需要邊讀邊就登場的音樂做筆記，但讀到《沒有女人的男人們》最後的最後時，讓我眼睛一亮。收錄在本書的同名短篇中，意外地出現了街頭霸王及黑眼豆豆的名字。

故事是這樣的：一位不知名的男子打電話給「我」，告知他妻子去世的消息。名叫M的女性是「我」從前交往過的前女友——「我」想假設成是十四歲時遇見的女孩，實際上並不是。「我」深深愛著M。他們交往兩年後分開，「我」就從此變成「沒有女人的男人們」的一員。M喜愛帕西・費斯樂團（Percy Faith & His Orchestra）等電梯音樂，不管是開車兜風還是床上歡愉，都用卡帶播放這種類型的音樂。失去了M的「我」也失去了電梯音樂，現在開車時以 iPod 取代卡帶，總是聽著街頭霸王和黑眼豆豆。

Feel Good Inc.

樂團
街頭霸王
Gorillaz
收錄專輯
《惡靈古堡》
（Demon Days）
二〇〇五

登場作品
〈沒有女人的男人們〉
（《沒有女人的男人們》）
※ 只出現樂團名

街頭霸王是布勒樂團（Blur）的戴蒙・亞邦（Damon Albarn）發起的不露臉音樂計畫，以動畫風格的虛擬角色演出為其特徵。這個計畫與其說是試驗此種表演風格的可行性、不如說是因為好玩，結果反倒比布勒還要受歡迎。音樂則是以嘻哈為主的多元風格。

黑眼豆豆雖然是嘻哈組合，但是以流行音樂為主（迎合大眾口味），在日本的介紹詞是「猴子也聽得懂（的音樂）」，其實是滿過分的一句話。

村上近期似乎滿喜愛這兩個團體。在二〇一五年架設的期間限定網站「村上地盤」，讀者問到「是否有喜歡聽的年輕樂團？」他的回答就是這兩個團體。二〇〇七年也在《關於跑步，我說的其實是……》裡提到，喜歡將街頭霸王當作陪跑音樂。

Yellow Man
～小王子～

樂團

南方之星
サザンオールスターズ

收錄單曲

〈Yellow Man ～小王子～〉
（イエローマン～星の王子様～）
一九九九

登場作品

《**黑夜之後**》
※ 只出現樂團名

期間限定的網站「村上地盤」湧進了三萬七千多封的讀者來信，村上本人大概回答了其中一成左右。其中有個問題是南方之星被批評為反日團體，作家對此有何看法；這是在說因〈Peace & Hi-lite〉（ピースとハイライト）一曲而飽受各方批評一事。

村上的回覆是，以眾人普遍的意見為前提，「在某種意義上，只要是日本人就有（這麼想的）權利，那麼當然也擁有可以接受某部分的『反日』思想權利，不是嗎？」個人自由主義的村上當然會這麼回答。

對南方之星好像沒什麼興趣的村上，也讓他們在作品裡登場了兩次左右：極短篇集《夜之蜘蛛猴》的〈炸薯餅〉中，就出現了〈懷念的惠理〉（いとしのエリー）。

《黑夜之後》則是超商中正播著南方之星樂團的新曲。以時間來算的話，應當是《Yellow Man～小王子～》吧。不管是哪一首都是隨便怎樣都好地用上，他果然對南方之星沒有興趣（笑）。

Ultra Soul

歌手
B'z
收錄專輯
《GREEN》
二〇〇九

登場作品
〈哈那雷灣〉
（《東京奇譚集》）
※ 只出現樂團名

B'z的稻葉浩志喜歡看書，也會在粉絲後援會刊裡介紹、推薦好書。雖然各種風格都有，但比較起來文學偏多，村上翻譯的瑞蒙・卡佛作品《當我們討論愛情》也在推薦名單之列。另外，稻葉似乎也有在讀村上春樹。另一方面，似乎對B'z毫無興趣的村上，曾讓B'z在作品中登場過一次，即短篇集《東京奇譚集》的〈哈那雷灣〉。

那是女子「幸」的故事，她的兒子在夏威夷的哈那雷灣衝浪時被鯊魚攻擊死亡。幸在事件之後的每年都會拜訪哈那雷灣。她經營著一家鋼琴酒吧，對彈琴相當有天賦，偶爾也會在哈那雷灣的餐廳裡彈奏。某一天，兩位來夏威夷衝浪、曾經受她幫助的年輕日本人來到餐廳，訝異於她的演奏的兩人問道：「妳知道B'z的曲子嗎？」

她這麼回答：「不知道。」

就只是這樣。哎，果然是沒有興趣呢。

Chapter 2

搖滾樂
無法到達的地方

ロック～
手の届かない場所へ

Viva Las Vegas

歌手
貓王
Elvis Presley
收錄專輯
《冠軍超級精選》
(Elvis 75)
一九六四

登場作品
《沒有色彩的多崎作和他的巡禮之年》

〈拉斯維加斯萬歲！〉（Viva Las Vegas）是貓王於一九六四年主演的同名電影主題曲，與女主角安・瑪格麗特（Ann-Margret）的戀情也成為話題。電影大賣，但歌曲最高排名只到全美第二十九。《沒有色彩的多崎作和他的巡禮之年》中，主角多崎作重逢舊友藍仔，其手機鈴聲便是〈拉斯維加斯萬歲！〉。因為這是在拉斯維加斯輪盤遊戲獲勝後播放的背景音樂，便將它當作某種守護、設成手機鈴聲。對於這首歌的魅力，他說「……有某種意外性，或者不可思議地能解開人心的東西。可以說能讓人不禁會心微笑吧」。

在評論〈準備好的犧牲者傳說——吉姆‧莫里森／門戶樂團〉（《海》，一九八二年七月號）中，村上春樹寫道「貓王沉沒於好萊塢中，巴迪‧霍利（Buddy Holly）死去，從查克‧貝瑞（Chuck Berry）與小理查（Little Richard）盡了職責的地方，狄倫出發了」。這種觀點也反映在了小說上。以巴布‧狄倫與披頭四等人活躍的六〇年代釋出存在感的村上作品中，席捲五〇年代的搖滾風潮、在六〇年代以演員身分活躍的貓王，存在感相對薄弱。儘管如此，我記得當讀者問到「覺得貓王如何？」這個問題時（《村上地盤》），他回答，小學時在聽了收錄〈Hound Dog〉〈Don't Be Cruel〉的唱片後，受到的衝擊比聽披頭四還大。在有貓王歌曲登場的小說中，以他的事業或音樂為題材的場面也不在少數。

譬如說在《舞‧舞‧舞》中，主角「我」覺得適合演唱〈Rock-A-Hula Baby〉的演員五反田：在不滿只能接到醫生或老師等正經角色的五反田身上，疊上了志在演技派、但總是只能演出娛樂片的貓王的苦惱。

《沒有色彩的多崎作和他的巡禮之年》這部作品中也能看見貓王的影子。主角作過去曾莫名地突然被高中友人疏遠；貓王也有類似的經驗。由於流傳著當事人也不記得的歧視黑人言論的謠言，貓王在黑人之間的人氣一夕間一落千丈，就算出來否認也無法消除大眾的疑惑；但最後解救貓王的還是音樂。一九六八年在電視特別節目〈ELVIS〉中，貓王高唱世間沒有歧視的歌曲，纏繞在他身上的惡意謠言終於解除。

另一方面，在鐵道公司設計部門工作的作，他的依靠是工作的車站。看著列車到站、乘客三兩下車的情景就能使他滿足。根據前田絢子《貓王・最後的美國英雄》記載，貓王受到黑人聖歌影響，將福音歌曲當作演出曲目之一，而黑人聖歌歌詞中時常出現汽車一詞，也是因為寄託了黑人想從當下狀況中逃離的願望；從前支持美國奴隸逃亡的組織及其手段，也像是某種鐵道之旅，車站在此代表著藏身之所。

作無法忘卻過去的苦痛，選擇封閉心門。戀人沙羅對他說「差不多也該到了可以超越的時期了吧？」勸他與高中舊友們再次聚首，故事就從這裡開始。作去拜訪移居芬蘭的同學黑妞途中，在一家義大利餐廳聽到演奏手風琴的人唱貓王的〈Don't Be Cruel〉。想到主角那表面無從發覺的心境，竟是透過這首歌來暗示；想像到那樣表達出的寂寞，也讓人不禁莞爾。貓王的歌曲也能在這種地方使人敞開心胸。

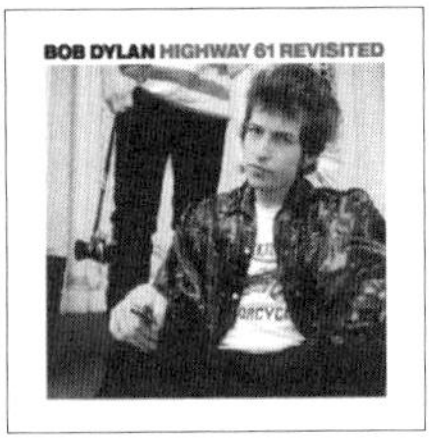

Like a Rolling Stone

歌手
巴布・狄倫
Bob Dylan
收錄專輯
《重回 61 號高速公路》
（Highway 61 Revisited）
一九六五

登場作品
《世界末日與冷酷異境》

二〇一六年巴布・狄倫榮獲諾貝爾文學獎，聽說本人也很疑惑為何身為音樂人竟會拿到獎項；刊登於文藝雜誌《MONKEY Vol.13》的得獎感言，便是考察自己的歌曲跟文學之間的關係。

由與巴迪・霍利的音樂相遇開始，提及從過去民謠歌手身上學到的事；一面解說中學時讀到的《白鯨記》《西線無戰事》《奧德賽》的內容，一面列出自身音樂創作如何受到古典文學的影響。即便如此，「歌曲與文學並不相同。歌曲是用來聽的，不是用來讀的。」拒絕被歸類為文學，「原本就是為了被聽而寫成的歌詞，我想讓它就照著原本的意圖被聽見」，如此這般地強調，似乎非常討厭被他人貼上標籤。然後以小說作品來回應他這般要求的，是感覺隱匿著什麼的村上春樹。

第四部作品長篇《世界末日與冷酷異境》故事接近尾聲處，租了車的「我」在車內播放在唱片行購買的巴布・狄倫卡帶。接著，可能因為不是原聲帶而是自己錄的版本，初期的名曲一首接著一首播放。其實只要接收到主角喜歡狄倫這個訊息，就可以結束這一幕。但如果想更進一步了解村上的作品，這麼做未免太可惜了，因為村上並沒有曲解狄倫的歌，他完美地將它用進了小說中。

其中印象最深的是〈Like a Rolling Stone〉：在書中被播放的時間點堪稱絕妙。這首歌可說是狄倫從民謠轉向搖滾的代表作之一，內容為原出身上流的 Miss Lonely 境遇落魄，無家可歸的她在副歌中反覆被問：「妳覺得怎麼樣？」

「我」遇到的狀況之悲慘並不輸 Miss Lonely：被捲進老博士開發的「世界末

日」組織紛爭、謎樣雙人組到家中大肆破壞了一番並暴力相待，後來演變成到洞窟冒險，就算逃出來了依然有人身危險；還有過離婚紀錄；卻恍惚想起了與革命活動家男子結婚的友人。很想說，比起在意別人的事不如先想一下自己吧。在這時候，問著「妳覺得怎麼樣？」的〈Like a Rolling Stone〉傳了過來。

被認為是接近這首歌全貌的紀實文學《Like a Rolling Stone》作者格雷爾・馬庫斯（Greil Marcus）解釋，被問「現在心情如何？」的不只Miss Lonely。以童話風格般「從前從前」開始的歌詞，暗示了這是不論哪個時代都很常見的事。聽者在長達六分鐘的曲子中親自體驗她的人生，不禁開始覺得被狄倫問「妳覺得怎麼樣？」的對象變成自己。就在這裡被迫選擇，要繼續前往不確定的未來，還是就這樣被囚禁在過去。

至於《世界末日與冷酷異境》的「我」，心情可謂極其安穩。在等待與圖書館女子約會時間到來為止，他下車在雨後的街上散步閒逛。「我」除了成為我自己之外沒有別的路可走，處在絕望情況下的「我」並沒有找尋可以延長壽命的方法或是感到傷心欲絕，只是跟至今為止的人生一樣，選擇什麼都不做。

讀者透過長篇故事了解到「我」的人格，應該會覺得這個抉擇頗有他的風格；但是這樣真的好嗎？要是自己會怎麼做呢？這些浮上心頭的疑問，在小說結束之後也沒有消失。帶著餘韻的背景音樂〈Like a Rolling Stone〉適得其所。

Norwegian Wood

樂團

披頭四

The Beatles

收錄專輯

《橡皮靈魂》

(Rubber Soul)

一九六五

登場作品

《挪威的森林》

披頭四的第六張專輯《橡皮靈魂》是首次只收錄原創歌曲的作品，不只在英國，在美國也是發行九天內便熱銷一百二十萬張。海灘男孩的團員布萊恩・威爾森受到此張專輯啟發，後來製作經典專輯《寵物喧囂》(Pet Sounds)。

收錄在專輯第二首的〈Norwegian Wood〉，是約翰・藍儂為了隱瞞妻子辛西亞與當時還是外遇對象的小野洋子的情事、寫成隱晦的歌詞。喬治・哈里遜(George Harrison)彈奏印度的弦樂器西塔琴，為這首歌添加了令人印象深刻的獨奏。熱賣的小說經典《挪威的森林》不只引用曲名作為書名，也同時讓它擔任作品的主題曲，儘管登場的方式十分獨特：主角「我」聽原曲的場景一幕也沒有。

首先，故事開頭「我」搭乘的飛機落地後，機上背景音樂是管弦樂團版本的〈Norwegian Wood〉。隨著旋律，「我」的情緒激烈地起伏，回顧起自己到目前為止、人生中所失去的東西，像是距今大約二十年前的一九六九年，初次做愛的隔天便消失無蹤的大學時代戀人直子，或是出現在「我」面前的大學同學、想以之代替直子的小綠。三十七歲的主角記下從前在愛慕的兩個女子之間猶豫不決的人物設定，也與這首歌的歌詞有所聯結。

接著是「我」去探望因心病而住進療養院的直子。在這個場景裡，女室友玲子應直子要求，以吉他彈奏〈Norwegian Wood〉；不過追根究柢，這首歌表達的畢竟是愛著戀人以外的人的意思。

最後則是玲子來「我」家拜訪。為了緬懷去世的直子，在〈Norwegian Wood〉之後她還彈了數首歌曲，甚至分析起直子的選曲品味。「她對音樂的喜好到最後都沒有離開多愁善感的層面」，這段話也讓人想起初期作品的登場人物「老鼠」；「老鼠」無法忘懷六〇年代（青春時代）、在無法成為完整大人的情況下去世。

不過，雖然乍看之下仍不脫村上過去在作品中詮釋「死亡」與「時代」的氛圍，但在作品中，〈Norwegian Wood〉仍僅用於作者「我」的個人戀情的象徵。他為本部小說取的宣傳標語「百分之百的戀愛小說」也很實在。

在彈到第五十首時，到第二次演奏〈Norwegian Wood〉、又順帶彈了巴哈賦格曲的玲子對「我」提議：「嘿渡邊君，跟我做那個嘛。」兩人就這樣發生了一夜情。是演奏結束的滿足感，或是戀愛的情感，這裡是怎樣的情緒呢？在這裡不得不回到小說的開頭進行推敲。「我」在聽到管弦樂團版本的〈Norwegian Wood〉時，想起的不是喬治・哈里遜的西塔琴版本，一定是玲子彈的吉他版本。這裡的情緒是對直子不變的愛，還是愛戀直子以外的女子要談的罪惡感呢？依據解釋，故事的風景也會大大不同，試著更深入閱讀的同時，謎團也更耐人尋味。

有關本作書名原文《Norwegian Wood》，在發行後被人指出翻譯不當，應該不是「挪威的森林」而是「挪威製的家具」才對。隨筆〈看見挪威的樹沒看見森林〉（《村上春樹雜文集》）中，村上春樹對Norwegian Wood給出的定義是：「不太清楚到底是怎麼樣，不過把一切事情都隱藏成曖昧模糊的深奧東西」。對森林二字的結論則是：「無論如何，這不是很美的曲名嗎？」小說裡也是，「我」向綠告白——無論如何，最後是個圓滿的結局。

024

Light My Fire

樂團

門戶樂團
The Doors

收錄專輯

《門戶樂團》
（The Doors）
一九六七

登場作品

〈下午最後一片草坪〉
（《開往中國的慢船》）

門戶樂團首張同名專輯的第二波主打〈Light My Fire〉蟬聯全美排行榜冠軍三週，一躍成為當紅樂團。作詞作曲幾乎由吉他手羅比・克雷格（Robby Krieger）一手包辦。如教會音樂一般給人詭奇印象的風琴小節，還有受到爵士樂影響的、特別長的間奏（單曲版有大幅縮短），再加上吉姆・莫里森（Jim Morrison）煽情的歌聲，加總起來就是獨一無二的搖滾樂曲。

村上春樹於一九八三年的隨筆〈吉姆・莫里森的靈魂廚房〉（《村上春樹雜文

集》）中，認為曲名的日文翻譯〈點燃我心中的火〉太正向了。而以村上的說法：吉姆．莫里森本質上是一個煽動家。生於一九四三年、是美國海軍家庭裡的長子，大學時代結成門戶樂團、搖身一變成為與眾不同的搖滾明星；沉溺於酒精與藥物。像這樣一個不只對聽眾、甚至連自己的精神狀態也一併煽動的男子，〈點燃我心中的火〉這種被動的曲名顯然不是很適合。

一九六九年，吉姆．莫里森因為在舞台上自慰遭逮捕，之後便失去堅持下去的意志；不只突然發胖，堅決自暴自棄的他，在巴黎因不明原因去世，那時他二十七歲。與這樣短暫又強烈的吉姆．莫里森人生相對照的，是村上春樹的小說家身影：自傳隨筆《身為職業小說家》裡村上提到，寫小說不可或缺的是「能繼續作業下去的持續力」，以及掌握這種力量所需的基本體能。做為小說家超過三十年，他還是維持著每日跑步或游泳的生活習慣。

持續力不只是寫小說的手段之一，為思想家大庭健的著作《稱為我的這座迷宮》撰寫的〈自己是什麼（或美味的炸牡蠣吃法）〉（《村上春樹雜文集》）一文中，他舉出以文學維生意義上的「持續性」：「（文學）沒有生出過戰爭、殘殺、詐欺、偏見。相反地為了生出能對抗那些的什麼，文學毫不厭倦地營營累積努力至今」，「我現在正在這樣做的事，是自古以來綿延至今的非常重要的什麼」。再加上「所謂持續性也是道義性。而所謂道義性也指精神的公正」。

一九八二年發表的短篇〈下午最後一片草坪〉（《開往中國的慢船》），是投射了村上春樹文學觀的作品。「我」想起距今十四、五年前吉姆・莫里森唱著〈Light My Fire〉的時代。那個時候的「我」原本是做修整草皮的打工，想存錢跟女朋友一起出去玩，不過在被女朋友甩掉之後失去目標，也就辭去了打工。最後一天的工作是去一位似乎酒精成癮的女主人家裡割草。他跟平時一樣專心割草時，被邀請喝一杯，受邀進入家中也讓「我」看見她人生的陰暗面。她之所以這麼信任「我」，理由是把草割得太漂亮了。

對草皮特別講究的不是只有他們。初期三部作品中，主角「我」的朋友「老鼠」，在提到一九七〇年大學退學的理由時這樣說：「因為看不慣中庭除草的方式。」（《一九七三年的彈珠玩具》）但實際上應該是因為當時學運帶來的挫折。

第三部長篇《尋羊冒險記》裡，「老鼠」從大學休學後已經過了八年，依然沒有找到自己的棲身之處及生活目標。孤寂的身影與吉姆．莫里森有重疊之處。另一方面，親眼看見一個時代結束的同時，選擇繼續生存下的「我」，與村上春樹所寫的持續力量息息相關。

Positively 4th Street

歌手

巴布・狄倫

Bob Dylan

收錄專輯

《巴布・狄倫精選輯》

(Bob Dylan's Greatest Hits)

一九六七

登場作品

《世界末日與冷酷異境》

巴布・狄倫在一九六五年以〈Like a Rolling Stone〉大獲成功之際，民謠界則對他轉往搖滾樂有諸多批評。對支持社會派歌手狄倫的人們來說，唱起迎合大眾口味的三流搖滾歌曲簡直是種背叛。

同年發行的單曲〈Positively 4th Street〉，狄倫沉穩的歌聲有一種明亮感，但歌詞卻很辛辣。「你居然敢說你是我的朋友、希望你穿上我的鞋子中（站到我的處境）、知道一直被你扯後腿是什麼滋味」，可視為對不懂事的傢伙及投機主義者的猛烈批評。

《世界末日與冷酷異境》裡，從租賃車音響傳出的〈Positively 4th Street〉就像是代為傳遞「我」面對接連發生的不合理之事、想大大抱怨一番的心情。租車事務所的小姐聽見車裡傳來的歌曲問道「這是巴布狄倫吧？」她說因為歌聲很特別，所以一聽就認出來了，形容就像小孩子站在窗子旁一直瞪著雨似的聲音。

剛出道的村上春樹因其受海外文學影響而確立的獨特文體，既無法在國內文壇得到評價，也未曾獲得芥川賞的看重，因此對歌聲獨特、改變作風、反擊批判不遺餘力的巴布・狄倫自然感同身受。

《身為職業小說家》裡，村上提到「具有原創性」並舉出三點，一是表現者自我定義的獨特風格，二是提升的自我革新力量，三是隨時間經過、那樣的風格歷經大眾檢視，最終成為一種基準，舉出的例子便是轉往搖滾樂的巴布・狄倫。

Blowin' in the Wind

歌手

巴布・狄倫
Bob Dylan

收錄專輯

《自由自在的巴布・狄倫》
(The Freewheelin' Bob Dylan)
一九六三

登場作品

《世界末日與冷酷異境》

村上作品中的主角不常將感情顯露於外。不管有多少厭惡的事物，都在情緒差點爆發之際壓抑住、淡漠地繼續生活。《世界末日與冷酷異境》的「我」也是如此。然而在故事即將結束時，他的內心還是動搖了。超越哀傷與孤獨的情感向「我」滔滔襲來。他試著閉上雙眼，動搖漸漸平息。不久，「我」搭乘的車上，從卡式收音機裡傳出巴布・狄倫的〈Blowin' in the Wind〉。這首由彼得、保羅和瑪麗（Peter, Paul and Mary）翻唱、一九六三年穩坐全美排行榜亞軍的作品，歌詞實在是非常抽象：要走過多少道路，才能被認可為一名男子漢？要飛越多少海洋，白鴿才能在砂地上安穩睡去？彈雨要降下多少次，武器才能被永遠禁止？自第一段到第三段各提出了三道疑問，最後，全部的回答都已消逝在風中。

「我」想著在他所在的世界以及這個世界裡出現的人們。比如均等照下的日光，在短短幾天裡遇見的博士與他的孫子、圖書館女子、喜歡搖滾樂的計程車司機。「我」決定在人生最後的時間不為自己、而是為他們祝福。

身為最理解「我」的讀者，就算可以對他的行動與特殊風景感到共鳴，但無法得知他在心境上到底有何變化。和〈Blowin' in the Wind〉一樣，雖然有可以填入好幾個答案的空白，卻留給作品與「我」充滿魅力的謎題，並戛然結束故事。由於無法完全描述登場人物的心理，所以採取讀者可以自由解釋、充滿無限可能的小說手法，這就是受到雷蒙・錢德勒（Raymond Chandler）的強烈影響了。

錢德勒《漫長的告別》的新版翻譯也是由村上春樹執筆，讀過作品及譯者解說，就可以理解小說的詳細架構。

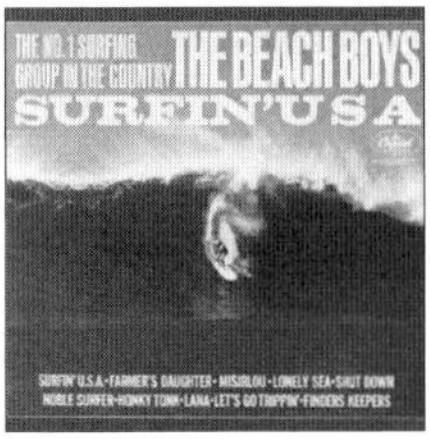

Surfin' USA

樂團
海灘男孩
The Beach Boys

收錄專輯
《Surfin' USA》
一九六三

登場作品
《舞・舞・舞》

《舞・舞・舞》裡，在選曲方面，也特別挑選能夠協助強調故事中所描述的「死亡」與「時代變化」。主角「我」與在海豚飯店認識的少女小雪一起開車兜風時，一邊播著老歌的卡帶。「首先是山姆・庫克唱的〈Wonderful World〉……Sam Cooke，在我初中三年級時被子彈打死了。Buddy Holly〈Oh, Boy!〉。Buddy Holly 也死了。是飛機失事。」就像這樣，「我」在聽到懷念的搖滾歌曲時，不知為何一直聯想到死亡。

不久，音響中傳來海灘男孩的〈Surfin' USA〉。接近六〇年代時，由於重要歌手相繼死亡，加上貓王從軍、停止演藝活動，在五〇年代大為流行的搖滾樂勢頭不再。之後與衝浪音樂一起嶄露頭角的即是海灘男孩。

一九六三年的流行歌曲〈Surfin' USA〉是參考查克・貝瑞（Chuck Berry）的〈Sweet Little Sixteen〉寫成的，而布萊恩・威爾森（Brian Wilson）的巧手則讓這首歌不只是一首複製他人的搖滾樂曲。主聲錄音重疊兩次以上，造現出非人工的聲響；歌詞中列出的衝浪勝地，表現出衝浪音樂的氣氛；背景和聲的「Inside Outside U.S.A.」替整首歌提味，讓人想跟著一起唱。

「我」與小雪開心地跟著背景和聲〈Surfin' USA〉歡唱。然而，故事舞台所設定的一九八三年，海灘男孩正陷於迷走狀態，並非與死亡毫無關聯。

鼓手丹尼斯・威爾森（Dennis Wilson）的酗酒問題日益嚴重，在十二月時酩酊大醉、投海而亡；布萊恩・威爾森則身心狀態不穩定，必須靜養好一段時間。團員間的問題也層出不窮，新作品遲遲無法問世。

Fun, Fun, Fun

樂團
海灘男孩
The Beach Boys
收錄專輯
《關上·2》
（Shut Down Volume 2）
一九六四

登場作品
《舞·舞·舞》

〈Fun, Fun, Fun〉與〈Surfin' USA〉一樣，都是由查克·貝瑞風格的吉他彈奏開始，是當時流行的開車兜風音樂傑作：開著父親的車到處玩樂的女孩，在事跡敗露後被沒收了車鑰匙，此時男孩登場，對女孩展開追求。歌詞所描述的場景——車子與戀愛招數，是美國年輕人的嚮往。

《舞．舞．舞》的「我」與朋友五反田在開車兜風時，一邊對海灘男孩品頭論足。以五反田在中學時常聽的〈Fun, Fun, Fun〉開始，將海灘男孩初期充滿陽光活力的歌曲與隨之展開的世界稱為神話世界。「那當然不可能永遠持續」，五反田之後就改聽硬派風格的奶油樂團（Cream）和吉米・罕醉克斯（Jimi Hendrix）。另一方面，就算神話世界逝去、仍然聽著海灘男孩的「我」，反而強力推薦五反田他們在低潮期發行的專輯；那張專輯可說傳達出團員們想要生存下去的決心。

短文〈布萊恩・威爾森〉（《給我搖擺，其餘免談》）中，村上春樹寫到從十四歲初次在收音機裡聽見〈Surfin' USA〉，到現在（二〇〇三）的海灘男孩全經歷。在這段文章裡，可以確認村上將少年時代對海灘男孩的迷戀投射在五反田身上；成為大人之後的感觸則投射在「我」身上。

此外，村上也時常在文章中對命運多舛、在九〇年代後半終於復活成功，全心投入音樂的布萊恩・威爾森，發表他的看法。二〇〇二年在夏威夷欣賞了他的個人演出，村上對布萊恩的魅力評價是：蘊藏著唯有人生的「第二章」才有的深刻說服力。即將七十歲的村上春樹若把「人生的第二章」寫進書裡，也一點都不奇怪。屆時海灘男孩的歌曲會以什麼方式呈現在故事中，我可是非常期待呢。

Drive My Car

樂團
披頭四
The Beatles
收錄專輯
《橡皮靈魂》
(Rubber Soul)
一九六五

登場作品
〈Drive My Car〉
(《沒有女人的男人們》)

在《橡皮靈魂》的第一首曲子〈Drive My Car〉裡，到處能發現披頭四試圖從偶像團體轉型的新嘗試；粗亂隨意的主聲、引用自歐提斯・瑞汀(Otis Redding)原曲樂節的吉他與貝斯，再加上淡刻節奏的牛鈴與熱鬧鈴鼓的組合，喇叭似的背景和聲聽起來也很愉快。歌詞說的是一位懷抱電影夢的女子想要雇用男子為司機，但最後承認實際上自己連車子都沒有。

從過去到現在，村上小說的主角多設定在三十多歲的男性，而二〇一四年發行的短篇集《沒有女人的男人們》卻有所不同。如同《挪威的森林》，標題也是直接引用披頭四的歌〈Drive My Car〉，主角則是一位初老男子。小有名氣的演員家福在車禍後被吊銷駕照，又因發現青光眼的徵兆而無法再開車；身邊朋友為他介紹了一位專屬司機——年輕女子美沙紀。美沙紀對東京市的道路瞭若指掌，車開得相當平穩，也從不打探任何事，馬上就得到家福的信任。

在車裡，家福經常想起曾與年紀更小的演員有過外遇的亡妻。雖然早就知道了，但直到最後家福都裝作不知；不是沒有過懲罰對方的想法，最後還是什麼也沒做。到底這樣的選擇正不正確呢……？

到目前為止作品中的音樂都對身陷煩惱的主角暗示著答案，只是這回換成了與美沙紀商量。家福一邊訴說著過去的複雜回憶，一邊想放些平時會聽的古典樂或美國老搖滾，最後還是沒這麼做。在這裡音樂無力改變任何事，也可說是一種革新的表現。

Yesterday

樂團
披頭四
The Beatles

收錄專輯
《救命！》（Help!）
一九六五

登場作品
〈Yesterday〉
（《沒有女人的男人們》）

披頭四在村上春樹的小說中，尤以保羅・麥卡尼寫的歌，偶爾會出現有趣的呈現形式，譬如《一九七三年的彈珠玩具》裡登場的女孩，可以跳過副歌，把〈Penny Lane〉一天哼個二十次，故意停在界線前的感覺非常明顯。《沒有女人的男人們》收錄的短篇〈Yesterday〉裡，也是將保羅的〈Yesterday〉唱得十分有趣。

〈Yesterday〉本身是一首很認真的歌，翻唱次數之多還登上金氏世界紀錄，就算在披頭四的歌曲中也是數一數二的名曲，裡頭充滿保羅對在他十四歲時去世母親的懷念。把這樣的名曲以關西腔的「昨天是／明天的前天／前天的明天」胡亂唱鬧一番的男子，有種老頭子的既視感。不過唱的人是東京出生的留級生——與主角「我」在同個咖啡廳打工的木樽。

木樽某天對「我」做了一個亂來的提議，問「我」要不要跟他從小學就在一起的女朋友惠里香交往。她同意了，計畫順利實現；兩人約會過一次但沒有深入發展便結束關係。一段時間後，木樽突然辭掉打工，失去了蹤影。十六年後，「我」在工作相關的派對上與女方重逢，並從她口中得知木樽令人意外的現狀。

到二十歲還是孤家寡人的「我」，與奇特友人的相遇及奇特戀愛的回憶，跟著從收音機流洩出來的〈Yesterday〉一起甦醒，乍看像個感傷的戀愛物語；但在這時混入了雜音，生於東京的關西腔傳來，雖然粗鄙，但對惠里香來說，木樽這個人有著不為人知的內情。他的謎團在故事中最能激起大家的興趣：有什麼會比關西腔的〈Yesterday〉更讓人印象深刻？在這麼認真的場景中腦內自動播放「昨天是／明天的前天」就此與沉浸在感傷中無緣。這也算是這篇小說幽默的地方。

Little Red Rooster

樂團

滾石

The Rolling Stones

收錄專輯

《滾石，現在！》

(The Rolling Stones, Now!)

一九六五

登場作品

《1Q84》

在村上春樹小說裡，滾石樂團的立場相當微妙。在《舞．舞．舞》中，主角「我」聽到〈Brown Sugar〉時說「好棒的曲子」，並不討厭滾石，但沒對音樂多說什麼。《挪威的森林》中，差不多國中的早熟女孩在唱片行要求播一首〈Jumpin' Jack Flash〉後，扭著腰跳起舞來。到了短篇〈加納格列達〉，殺人犯把屍體埋到院子裡時，喜孜孜地哼著〈Going to A Go-Go〉。

用法之所以這麼多變，《1Q84》裡浮現過箇中緣由。在過去的作品中、主角喜愛而經常聽的披頭四及巴布・狄倫都沒有在這部小說中出現；主角之一的天吾是會穿著傑夫・貝克（Jeff Beck）日本巡迴T恤的男子，似乎從以前就聽硬式搖滾和藍調搖滾這種激昂的音樂。某天，他想起了從小學就有好感的同齡少女青豆。他開始尋找她，希望可以再見到她一面；單純的希望轉變為決心，他專心回想是否有任何蛛絲馬跡時，自己的房間裡正好播放的是〈Little Red Rooster〉。

在一九六四年發行的單曲〈Little Red Rooster〉是翻唱自撐起芝加哥藍調音樂的名音樂人威利・狄克森（Willie Dixon）的作品。這首歌在美國的切斯錄音室（Chess Studio）錄製完成，滾石團員們視為偶像的穆迪・瓦特斯（Muddy Waters）用過這間錄音室；還以為滾石那種深沉的藍調會給予主角天吾一些想法，「是不壞。不過並不是為正在認真地挖掘回憶的人設想所創作的音樂。滾石合唱團這個樂團並沒有這麼體貼。」結論是覺得礙事。在《1Q84》裡被改變過去的世界中，滾石依然不被重視。

Scarborough Fair

樂團

賽門與葛芬柯

Simon & Garfunkel

收錄專輯

《香芹、鼠尾草、迷迭香與百里香》

(Parsley, Sage, Rosemary and Thyme)

一九六六

登場作品

《發條鳥年代記》

長篇作品《發條鳥年代記》是關於「我」試著救出行蹤不明的妻子——久美子——的故事，但是到最後並沒有寫清楚究竟發生什麼事。不過如同書名，就像是一本要讓讀者親身體驗漫長年代記的小說。「我」不知為何總這樣覺得，只要潛進家附近空屋旁的井裡就能找到久美子所在的地方。為了買下擁有那口井的土地，「我」與出資贊助的女子見面。「我」幫本名不詳的女子以及她兒子取外號時，列出肉豆蔻、肉桂這些香料作為候補，因而聯想到賽門與葛芬柯那首反覆迴圈的歌詞，輕聲哼著「香芹、鼠尾草、迷迭香與百里香……」

這首歌的歌詞出自民謠〈史卡博羅市集／詠唱〉（Scarborough Fair /Canticle），同時被採用作為達斯汀・霍夫曼主演的電影《畢業生》插曲，也是知名反戰歌曲。自英國傳唱而來的〈史卡博羅市集〉，部分歌詞是在訴說一名來歷不明的男子，對聽者逐個說出希望幫忙完成的事。如果要去史卡博羅市集的話，請幫我問候我深愛過的女子、幫我做一件不用針線完成的亞麻衫、幫我在沙灘與浪沫之間找一畝地等等，淨是些莫名其妙的願望，但是全部實現的話兩人就可以成為戀人。另一方面原創的〈詠唱〉部分是在描寫由戰爭所引起的悲劇，以及接收上級命令而不得不繼續戰鬥的士兵們的身影，唱著各種相對比的無解難題。

故事裡，與久美子的搜索過程並行的是「我」遇見的人們所目擊的太平洋戰爭、軍人殘虐行為的描寫。雖然歌曲與構造有相似之處，但《發條鳥年代記》並不是一本反戰小說。在這部小說裡，村上春樹比較著重的是將人限於恐怖中、支配之「惡」的運作方式；而能夠與之抗衡的方法，線索也藏在那口井之中。

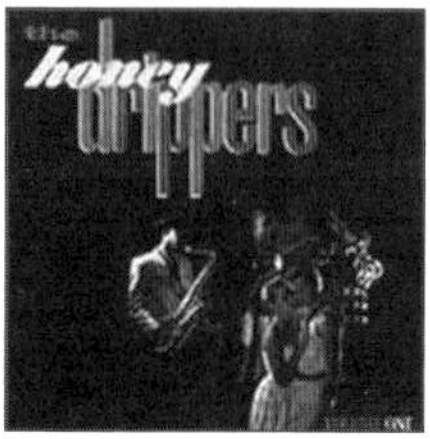

Sea of Love

樂團

甜蜜樂音
The Honeydrippers

收錄專輯

《甜蜜樂音：第一輯》
（The Honeydrippers: Volume One）
一九八四

登場作品

〈發條鳥與星期二的女人們〉
（《麵包店再襲擊》）
※ 只出現羅伯（Robert Plant）的名字

村上春樹的短篇小說，有時會變成日後長篇作品的一部分，比如說一九八六年的〈發條鳥與星期二的女人們〉就是《發條鳥年代記》第一章的原型。故事裡有以下在長篇中沒有出現的記述：收音機裡正在播放羅伯・普蘭特新唱片的特集，但是我只聽了兩首耳朵就痛起來，又把收音機關掉。

齊柏林飛船於一九八〇年解散後，羅伯・普蘭特捨棄硬式搖滾路線，熱中於判讀新的音樂潮流；〈發條鳥與星期二的女人們〉裡沒有提到小說舞台設定的年代，但若和《發條鳥年代記》一樣、設在一九八四年的話，那年羅伯・普蘭特並沒有發行單飛名義的專輯，反而是盟友吉米・佩奇（Jimmy Page）與傑夫・貝克、奈爾・羅傑斯（Nile Rodgers）組成「甜蜜樂音」，發行了迷你專輯《甜蜜樂音：第一輯》。五首歌曲都是五〇年代的R&B與搖滾風格，其中另發行了單曲並攻占全美排行第三名、獲得空前成功的〈Sea of Love〉是翻唱自菲爾・菲利浦（Phil Phillips）與黃昏暮色樂團（The Twilights）作品；並沒有收錄能讓聽著收音機的主角「我」聽到耳朵痛的吵鬧曲子。沒有齊柏林飛船時期的硬派風格、而是帶有甜美的懷舊感，這樣的變節姿態反而讓「我」感到抗拒了吧。就算收音機特集播放的是流行路線的《Shaken 'n' Stirred》（一九八五），「我」的反應應該也一樣。

以一九八八年發行的《舞・舞・舞》為分界線，村上作品中搖滾樂登場的比例愈來愈少，一九九四到九五年發行的《發條鳥年代記》也有同樣傾向。以羅伯・普蘭特的出場次數遭刪除來看，表示村上春樹已愈發感受不到非得用搖滾來象徵時代氛圍的必要性。

Alabama Song

樂團
門戶樂團
The Doors
收錄專輯
《門戶樂團》
(The Doors)
一九六七

登場作品
《刺殺騎士團長》

《刺殺騎士團長》的主角「我」在去唱片行時，不禁在意起與妻子柚子分居後、留在之前家裡的巴布・狄倫專輯《納許維爾的天空》(Nashville Skyline)以及「The Doors 那張收錄了〈Alabama Song〉的唱片」到底是誰的。

門戶的首張專輯收錄了〈Light My Fire〉〈The End〉等代表歌曲，為何特別舉出〈Alabama Song〉，反而讓我很在意。〈Alabama Song〉翻唱自歌劇《馬哈貢尼城興衰史》(Rise and Fall of the City of Mahagonny)，原曲是描述妓女為了追求金錢、酒精以及搶奪男人而找尋威士忌酒吧，門戶版本則改成男子在狩獵目標女子的歌詞。在《刺殺騎士團長》中有數次「我」喝威士忌的場景，大多在喝了威士忌之後就發生奇妙的事。選曲理由不得而知，究竟只是因為單純喜歡這首歌，或是「我」的命運就和威士忌扯上關係、緊緊相繫呢？

翻譯家鴻巢友季子在〈村上春樹《刺殺騎士團長》生魚片與生牡蠣配威士忌會好吃嗎？〉（刊載於網站 excite review（エキサイトレビュー））一文中，特別注意小說中雨田與「我」一起吃飯時帶來芝華士（Chivas Regal）威士忌的場景，指出「在二〇〇〇年代，三十幾歲、對酒和食物都很挑剔的男子，會特地選調和威士忌的代表品牌，覺得有點不太可能。」會將現在已普遍是兩千日圓左右的威士忌當作特別品牌，是因為到八〇年代為止，大家依然覺得該品牌相較起來是高價商品。

要再繼續這個話題的話，時間設定在二〇〇五年到二〇一〇年左右的小說裡，主角時年三十六歲，卻對布魯斯・史賓斯汀的《河流》（一九八〇）表示「懷念」，對照他的年齡實在不太對。也許作品是如《1Q84》那樣與現實世界有著巧妙差異的世界觀，但也會讓人不禁去想，是否儘管設定錯誤、也不能質疑村上春樹的小說呢？

Going to A Go-Go

樂團

滾石
The Rolling Stones

收錄專輯

《Still Life》（現場專輯）
一九八二

登場作品

《舞·舞·舞》

八〇年代的滾石從先前的不良形象、蛻變成大眾娛樂風格強烈的樂團。一九八一年的北美巡迴中，意識到場地皆為大規模體育館，為求畫面更加完善而帶來華麗演出，遂成就了音樂業界首次的贊助商活動等等，展開了村上作品中主角感到厭惡的商業行為。

收錄於那次巡迴演唱會樣貌的現場專輯《Still Life》的〈Going to A Go-Go〉也發行過單曲，是翻唱自斯摩奇·羅賓森與奇蹟樂隊（Smokey Robinson And The

Miracles）在六〇年代摩登黃金期的名曲。《舞．舞．舞》中同是滾石的歌曲〈Brown Sugar〉（一九七一）在「我」聽來雖然是懷念的感覺，卻是以小雪當下在聽的音樂登場。

從小說設定年代的一九八三年之後，過了三十年滾石依然活躍於舞台。先不論村上喜不喜歡這種（存續下來的）手段，他也應該不得不認可滾石這樣驚人的韌性。

Who'll Stop the Rain

樂團

清水
Creedence Clearwater Revival

收錄專輯

《科斯莫的工廠》（Cosmo's Factory）一九七〇

登場作品

《聽風的歌》

《聽風的歌》故事裡，突然插入的廣播音樂節目中，ＤＪ說要放些驅散三十七度高溫酷暑的搖滾樂，將選曲定為以「雨」為主題的歌曲。說是涼爽，更像是泥濘的鄉村搖滾歌曲〈Who'll Stop the Rain〉也雀屏中選。

加州出身的清水樂團是活躍於六〇年代後半至七〇年代初的四人樂團；與嬉皮運動一線劃開，以與自身根源無關的南方藍調及鄉村風格歌曲受到大眾歡迎，收錄〈Who'll Stop the Rain〉的專輯《科斯莫的工廠》曾拿到全美排行榜冠軍。

在創作中試著接近無法到達之場所或對象的做法，與同樣是西海岸出身的海灘男孩、不會衝浪的布萊恩・威爾森卻寫了衝浪歌曲，以及描寫著無法倒回的過去的作品《聽風的歌》，都有著異曲同工之處。

Born to Be Wild

樂團
史蒂芬野狼
Steppenwolf
收錄專輯
《史蒂芬野狼》
(Steppenwolf)
一九六八

登場作品
《世界末日與冷酷異境》

史蒂芬野狼是在一九六一年至一九七二年間活躍的重搖滾先驅。一九六八年發行的單曲〈Born to Be Wild〉作為電影《逍遙騎士》(Easy Rider)的片頭曲而大受歡迎，也常被選為廣告歌曲，光聽歌曲開頭的吉他彈奏，應該很多人就知道是這首歌。

這首歌在《世界末日與冷酷異境》中登場之處，是「我」與博士的孫女往彼此身上綑綁繩子進入洞窟，不是什麼要衝鋒陷陣的場景。看著讓博士孫女穿上的美軍外套，「我」想起當初購賣這件衣服時的情景。

雖然在他腦中響起的是神采奕奕的〈Born to Be Wild〉，但因為前奏相似，漸漸就被馬文・蓋（Marvin Gaye）的〈I Heard it Through the Grapevine〉取代。〈I Heard it Through the Grapevine〉是在述說為女友外遇傳言而感到悲傷的男子。就算是在腦中，「我」還是逃脫不了消沉男子的宿命。

Woodstock

樂團

克羅斯比、史提爾斯、納許與尼爾・揚

Crosby, Stills, Nash & Young

收錄專輯

《既視感》（Déjà vu）

一九七〇

登場作品

《聽風的歌》

若要說村上春樹小說裡會讓人感到意外的名字，非尼爾・揚莫屬了。隨筆〈金平牛蒡音樂〉（《村上收音機》）裡，他一邊做著金平牛蒡、一邊聽尼爾・揚的新歌，寫道「周圍空氣的感觸逐漸變得溫柔細密，心裡開始熱了起來。」可以肯定尼爾・揚很是合他胃口。

《聽風的歌》中，J's Bar 點唱機播放的〈Woodstock〉若非瓊妮・密契爾（Joni Mitchell）作詞作曲的版本，就是尼爾・揚唯一的登場機會了。他曾加入過的克羅斯比、史提爾斯、納許與尼爾・揚的人氣歌曲〈Woodstock〉，描述一九六九年舉辦的胡士托音樂節（The Woodstock Festival）的樣貌，以及聚集在此人們的心情。

但是原作者瓊妮・密契爾並沒有如願出演，當天是在家裡看電視的即時轉播。在這裡，村上春樹也選擇透過這首隱喻無法到達之處的歌曲進行描寫。

Crossroads

樂團

奶油

Cream

收錄專輯

《火輪》

(Wheels of Fire)

一九六八

登場作品

《海邊的卡夫卡》

《海邊的卡夫卡》主角田村卡夫卡聽的，主要是從圖書館借來的CD，守備範圍相當廣，從披頭四到王子及電台司都感興趣。卡夫卡某天為了讓激奮的心情平靜下來，選擇讓奶油樂團的〈Crossroads〉反覆地播放。

《火輪》中收錄的〈Crossroads〉是翻唱自給予眾多吉他手莫大影響的藍調音樂家羅伯・強生（Robert Johnson）的歌曲。身為羅伯・強生的歌迷，奶油樂團的團員艾瑞克・克萊普頓（Eric Clapton）以清晰的吉他聲線很適合搖滾樂這個理由，翻唱了強生的曲子。

對於羅伯・強生，有個他在十字路口將靈魂賣給惡魔、用以交換藍調音樂技巧的傳說。若確信被父親詛咒的「我」知道這個小故事的話，也許是因為這個令人不安的理由，聽著同樣是被惡魔魅惑樂手的歌曲。

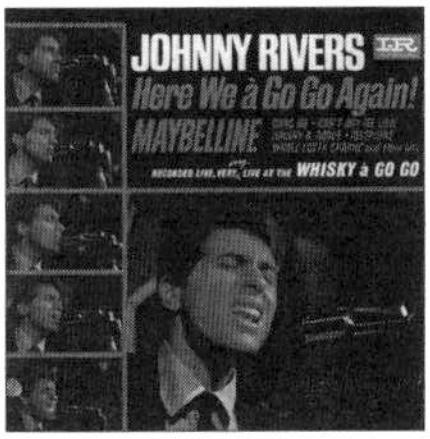

Johnny B Goode

歌手
強尼・瑞佛斯
Johnny Rivers
收錄專輯
《Here We à Go Go Again!》
一九六四

登場作品
《尋羊冒險記》

《尋羊冒險記》有個不起眼的場景：女友在「我」家放強尼・瑞佛斯的卡帶。在「我」正專心讀晚報時，瑞佛斯繼續唱著查克・貝瑞的〈Johnny B Goode〉等老搖滾歌曲。用看報紙的時間來表示翻唱歌曲曲目繁多，感覺很瀟灑。

在一九五〇年代後半就已開始音樂事業的強尼・瑞佛斯，曾為此煩惱不已；他受到大眾矚目，是緣於一九六四年在洛杉磯開設的迪斯可Whisky A Go Go裡的現場演出。

他因為以翻唱搖滾、R&B受到歡迎，連帶收錄舞台現場的唱片也持續熱銷。這樣的翻唱名手也受到巴布・狄倫認可。狄倫在自傳中大大讚賞瑞佛斯翻唱的〈Positively 4th Street〉，直說比自己所創作的原曲還要喜歡。

Chapter 3

大眾流行樂
哀悼迷惘的未來

ポップス～
失われた未来を哀悼す

Wouldn't It Be Nice

樂團

海灘男孩
The Beach Boys

收錄專輯

《寵物喧囂》(Pet Sounds)
一九六六

登場作品

翻譯吉姆・弗西利(Jim Fusilli)的《寵物喧囂》

現今，再沒有像村上春樹與布萊恩・威爾森兩人那樣、自然地讓人感覺到共通性的作家了吧。當然，前者可是擁有能夠每季都跑完全馬的健壯雙腳，後者卻深陷藥物濫用及精神問題，本質截然不同。不過，兩者的作品皆有相同的主題——對於無法得到之物的痛苦與難以承受的失落感——任誰都看得出來他們彼此共鳴。村上春樹擔任《寵物喧囂》解說本的譯者，我想應該不會有讀者感到吃驚吧。

但是我們不能忘卻歷史。《寵物喧囂》在日本受到好評畢竟是一九九〇年代以後的事了，契機當屬布萊恩・威爾森奇蹟回歸一事。可惜的是此張專輯隔年發行CD版本時（專輯介紹還是山下達郎寫的！）幾乎沒有引起什麼話題。專輯的精彩之處啟蒙了年輕世代澀谷系的音樂人們：小西康陽及小山田圭吾經常提到Roger Nichols and the Small Circle of Friends的同名專輯（一九八七年發行的CD版），日本樂團フリッパーズ・ギター（Flipper's Guitar）的最後一張專輯《ヘッド博士の世界塔》（Doctor Head's World Tower, 1991），也從海灘男孩的歌曲〈God Only Knows〉做了取樣。若說被稱為澀谷系的樂風在歷史上代表著什麼，那就是讓這些作品可以再次被大家認識。

反過來說，在這之前——以村上春樹的作品來說，是一九八八年發行的《舞・舞・舞》——借用布萊恩・威爾森自己的話，他只不過是「唱著感覺不錯的流行歌，就只是一位流行歌手」罷了。

一樣的情況也發生在美國老家。《寵物喧囂》在一九九〇年發行CD版；

一九九三年、記錄了海灘男孩三十周年活動的盒裝套組開始販售。隔年，提摩西・懷特（Timothy White）出版的海灘男孩專書《最近的遠處》（*The Nearest Far Away Place*）把焦點放在布萊恩・威爾森身上；一九九七年再發行了盒裝套組《Pet Sounds Sessions》及播放電視紀錄片〈永恆的和諧〉（Endless Harmony,1998）等等。很有意思的是，像這樣一系列的重新認識布萊恩・威爾森，實際上也影響了美國的音樂發展。

音樂評論家沙夏・弗瑞爾瓊斯（Sasha Frere-Jones）在二〇〇七年一篇掀起爭論的報導中主張，對九〇年代後半的獨立搖滾樂界來說，「黑人音樂的影響已日漸微弱」，取而代之的是年輕音樂家開始奉為「詩神」的布萊恩・威爾森。

村上春樹的小說也剛好是在這個時期被歐美世界接納。從有關作者的文章刊載數來看，其實一目了然。在歐美，有關村上春樹的報導及評論從一九八〇年代後半開始出現，數字在九〇年代後半激增。而簡單地說：村上春樹開始受到世界愈來愈高的評價，與重新認識布萊恩・威爾森的一系列活動是完全重疊的。

村上春樹曾這樣描述海灘男孩的前任團長：「從結果來說，如今我會想布萊恩・威爾森的音樂可以那樣地打動我，會不會是因為他對所有『無法到達的遠處』是那樣真摯地、拚命地唱著」。一九七九年以小說家身分出道的村上春樹，透過一九六〇年代唱著「無法到達的遠處」的布萊恩・威爾森（海灘男孩），將「失去」與「死亡」帶進自己的作品中。

California Girls

樂團

海灘男孩
The Beach Boys

收錄專輯

《Summer Days [And Summer Nights!!]》
一九六五

登場作品

《聽風的歌》
《舞・舞・舞》

村上春樹特別傾慕美國西海岸搖滾團體海灘男孩，是眾所皆知的事。

那麼，在作品中他是怎麼處理與海灘男孩有關的那些特定名詞，又想讓讀者怎麼看待呢？當首次獲得新人獎的作品在一九七九年六月號的《群像》上刊登、以通奏低音傳出的〈California Girls〉，又給了當時的讀者何種印象？

再更深入研究村上春樹的作品——陽光直射的海邊、穿著比基尼的女子奔跑在白色沙灘上——海灘男孩的音樂幾乎不會出現在如此宜人的場景中，反而經常是不祥預感的先聲。無論是口中哼著還是耳朵聽著，海灘男孩的名字總是與遭遇悲劇劃上等號，登場人物無一倖免。

其中最令人印象深刻的應該就是《舞・舞・舞》了：吹著口哨、附和「我」車子音響中〈Fun, Fun, Fun〉卡帶的五反田，在故事後半部選擇自殺、結束自己的生命；《挪威的森林》最後，玲子演奏雷查爾斯、卡洛・金（Carole King）、海灘男孩等歌曲時，貫穿著直子之死的強烈陰影。《神的孩子都在跳舞》裡的短篇〈泰國〉，在卡拉OK歡唱〈Surfer Girl〉的主角過去曾經墮胎，而且非常想念死去的情人。

像這樣在村上春樹作品中出現的海灘男孩，屢屢以「死亡」的音樂登場。就算不是「死亡」的背景音樂，和海灘男孩的歌曲一起離開主角的登場人物也不在少數。

將〈California Girls〉歌詞翻譯對照也寫進小說的處女作《聽風的歌》裡，借給「我」海灘男孩唱片的女孩，後來失蹤了，這點大家應該也預想得到；以及在租來的車上跟著背景音樂〈Surfin' USA〉一起合唱的兩人，小雪（合唱的對象）最後離開「我」的場面是多麼令人傷心，言語無法形容（《舞・舞・舞》）。就算細心地讓「我」自己交代這種「失落感」，但如果將海灘男孩與「死亡」「喪失」相連也不特別讓人驚訝的話，那是因為我們生活在一九九〇年代以後——世界對布萊恩・威爾森已重新評價的年代。

最重要的是，我們現在知道透過《寵物喧囂》去認識海灘男孩的初期作品。不再只是「感覺不錯的流行歌」，而是能夠感受到歌曲背後的孤獨與挫折，還有音樂情感的旺盛萌芽。〈California Girls〉悠長的前奏也襯出〈Wouldn't it be Nice〉的意外性；純演奏曲〈Summer Means New Love〉（《Summer Days [And Summer Nights!!]》）也能立即聽出之後足以向巴特・巴克瑞克（Burt Bacharach）〈Let's Go Away for Awhile〉致敬的聽覺享受。接著，〈Surfer Girl〉所唱的純粹情感與〈Caroline No〉的絕望感更是無法切割。

愈讀村上春樹，就愈能了解到一定得要透過《寵物喧囂》去聽海灘男孩初期的作品才行。這是對在過去的某個時間點失去的未來的哀悼、將自己下放到倒錯的時間感；然後我們會懷想著已逝去的事物，一邊落淚、一邊緩慢地踏出新的步伐。

Danny Boy

歌手
平・克勞斯貝
Bing Crosby

收錄專輯
《聖誕快樂》
（Merry Christmas）
一九四一

登場作品
《世界末日與冷酷異境》

〈Danny Boy〉是一九一〇年時由律師詩人費德里克・魏舍利（Frederick Weatherly）填詞，結合愛爾蘭民謠〈Londonderry Air〉旋律的歌曲，一九一五年由世界知名的奧地利歌劇歌手厄妮絲汀・舒曼・海因克（Ernestine Schumann-Heink）錄製而廣為流傳。在這之後被葛林・米勒大樂團（Glenn Miller Orchestra，一九四〇）、平・克勞斯貝（一九四一）、哈利・貝拉方提（Harry Belafonte，一九五六）等無數音樂人翻唱，在如今的愛爾蘭移民中也是非常有名的熱門歌曲。

「你該出發，而我必須停留。」（It's you, it's you must go and I must bide.）歌詞中的離別是在描寫愛人抑或是親子，存在著各式各樣的解釋。另外，「你」要「出發」到哪裡，是指戰爭嗎？也有人主張是一八四〇年代大饑荒導致的移居新大陸。無論是前者還是後者，「我」暗示當「你」回來的時候（還有回來的一天的話），「我」已不在世上，「你會找到我長眠的地方／屈膝與我道別」，歌詞道盡了這首樂曲的淒美。

《世界末日與冷酷異境》的開頭，被困在電梯裡的「我」用口哨吹著〈Danny Boy〉。但是因為吹出像得了肺炎的狗的嘆息似的聲音，只好決定做其他事情來打發時間。

之後這首歌再次出現，是在可說是作品後半高潮的一幕：主角得知自己在經過「博士」的手術後即將要失去意識。在最後一天，他與在圖書館認識的女子（圖書館管理員）一起度過，兩人在沙發上聽著平・克勞斯貝的唱片，主角一邊唱著〈Danny Boy〉，第二次唱時，不知道為什麼覺得心情悲傷起來。

「你走了之後會寫信給我嗎?」她問。

「寫呀。」我說。「如果從那邊能夠寄出的話。」

無須解釋，圖書館女子當然不會知道主角即將失去意識。可以感覺出這個情況與〈Danny Boy〉的歌詞中，其中一人將離開世上（失去意識）有著微乎其微的呼應。

《世界末日與冷酷異境》的編排是由描寫主角現實的「冷酷異境」與主角在意識中創造出的「世界末日」交叉進行的。在下一章的「世界末日」中，「我」拿著手風琴，手按著和弦彈奏旋律。

「這首也應該是我非常熟悉的歌。〈Danny Boy〉。」

「音樂使被漫長的冬季凍結僵硬起來的我的肌肉和心融解了，帶給我的眼睛溫暖而令人懷念的光。」

在作品中，〈Danny Boy〉擔任的不只是生與死之間、也是現實與潛意識之間的橋梁。〈Danny Boy〉最後一段歌詞如下：

「雖然你輕柔地踩在我的墳上，但我會聽見／我的墳墓將會變得溫暖及甜蜜／如果你會一直對我說你愛我／我將在平靜中安息，直到你來到我身邊」。

因為這首歌的旋律，主角才意識到「世界末日」是自己創造出來的世界，理解到這點之後，與「溫暖」一起決定了作品的最後結局。

Dance, Dance, Dance

樂團

幽谷合唱團
The Dells

收錄專輯

《Oh, What a Nite》
一九五七

登場作品

《舞・舞・舞》

幽谷是伊利諾州哈維地區的黑人合唱團體。一九五二年，皆為高中生的團員以「El-Rays」之名出道，與芝加哥切斯廠牌的子公司 Checker Records 簽下合約，後來改名為幽谷合唱團並轉至 Vee-Jay Records；一九五六年發行〈Oh, What a Nite〉，並攻上 R&B 音樂排行榜第四名。一九六八年，幽谷再度回到切斯旗下的 Checker Records，以〈Stay in My Corner〉大受歡迎，奪下 R&B 音樂榜冠軍並擠進全美排行榜前十名。在這之後歷經團員更迭，至二〇一二年為止，實際上活躍了有六十年之久。

《舞．舞．舞》這個書名常常被誤認是取自海灘男孩的同名歌曲，其實是來自幽谷合唱團在一九五七年發行的《Why Do You Have to Go》單曲 B 面。村上春樹曾提到在羅馬寫這部作品時很常聽幽谷的專輯；那時，他在離開日本前，挑了一些家裡的老唱片，把自己喜歡的老歌錄進錄音帶裡。這首歌就是其中之一，他自己是這麼說的：

「非常舊式風格、所謂 rhythm-and-blues 型的曲子。悠悠閒閒的，粗粗雜雜的感覺，這方面不可思議地黑。我每天在羅馬有意無意地恍惚聽著這曲子之間，忽然被這標題觸發而開始寫。」（《遠方的鼓聲》）

《舞．舞．舞》可以說是村上春樹初期作品中集大成的鉅作。與《聽風的歌》《一九七三年的彈珠玩具》《尋羊冒險記》一樣，透過主角在故事性上總括這些作品的意志也很強烈；再說，這似乎也是村上春樹人生中值得紀念的作品。他將四十歲視作一個「轉捩點」，開始想著「將選擇一些什麼，並捨棄一些什麼」。「在完成那種精神上的轉換後，不管喜不喜歡，都已經不能再回頭了。」

就這樣，他在即將滿四十歲的前三年，離開日本去了希臘、西西里島、羅馬、倫敦等地，期間完成了兩部小說，也就是《挪威的森林》與《舞・舞・舞》。

作品是描寫「我」回到現實世界的故事。「我」覺得自己「什麼地方也到不了」「不知道該追求什麼」，感覺自己已無處可去，遂來到從前的「海豚飯店」（如今改名為「Dolphin Hotel」）與羊男再次相遇。在那裡，羊男給主角的建議是「跳舞吧」。

「繼續跳舞啊。不可以想為什麼要跳什麼舞。不可以去想什麼意義。什麼意義是本來就沒有的。一開始去想這種事情時腳步就會停下來。」

在Dolphin Hotel櫃台工作的Yumiyoshi、透過她遇見的「小雪」，現職演員的國中同學「五反田」與有著漂亮耳朵的「奇奇」，他遇見很多人，然後又經歷這些人的死亡。

「我」雖然一心持續跳著舞，「那混亂並沒有解除。我想混亂大概還繼續保持混亂吧。」（引用自《遠方的鼓聲》）或許這同時也反映著作者自己內心的焦慮。

White Christmas

歌手
平・克勞斯貝
Bing Crosby
收錄專輯
《Song Hits from Holiday Inn》
一九四二

登場作品
《尋羊冒險記》
〈雪梨的綠街〉
（《開往中國的慢船》）
《世界末日與冷酷異境》

由歐文・柏林（Irving Berlin）作曲的〈White Christmas〉是有史以來最賣座的歌曲，據金氏世界紀錄，唱片銷售數量不但破五千萬張，再算上專輯及其他媒體的話，總計已超過一億張。

柏林在這首歌曲問世前已經因為〈Alexander's Ragtime Band〉〈Blue Skies〉等多首名曲享譽全球，是美國在戰前的代表性作曲家，而〈White Christmas〉是他在何時創作已不得而知，但在平・克勞斯貝與佛雷・亞斯坦（Fred Astaire）主演的電影《假期飯店》（Holiday Inn）中作為插曲、於一九四一年十二月二十四日由平・克勞斯貝在廣播節目演唱則是最初的記錄。這個時間點不用說，是日本攻擊珍珠港之後幾週的事；隔年電影上映，在太平洋戰爭中作戰的眾多士兵表示，前線也有播放這首歌曲。

擁有猶太血統的柏林本身即俄羅斯移民第二代，對於他怎麼會寫出聖誕歌曲也眾說紛紜；有人說他從孩提時代就一直有過聖誕節的習慣，也有人說當時的音樂產業競爭之激烈，比起自己的民族認同，商業主義更加優先。

在美國，這首歌加深了聖誕期間要搭配雪景的印象，而在村上的作品《尋羊冒險記》的後半也寫到，與羊男見面之後下的第二次雪停了，再度的深沉的沉默像霧一樣地來臨，像是要打破沉默地，「我把平・克勞斯貝〈銀色聖誕〉用自動迴轉唱針聽了二十六次。」而《世界末日與冷酷異境》裡與女子一起通過地底的場景中，因為又黑又冷，主角哼唱起這首歌。

The End of the World

歌手

史琪特・戴維絲
Skeeter Davis

收錄專輯

《世界末日》
（The End of the World）
一九六二

登場作品

《世界末日與冷酷異境》

〈The End of the World〉是由亞瑟・肯特（Arthur Kent）作曲、希薇亞・迪（Sylvia Dee）填詞，由鄉村歌手史琪特・戴維絲在一九六二年發行的歌曲，不只在全美綜合排行榜上拿到亞軍，更是在鄉村音樂、R&B、輕音樂等排行榜皆挺進前五名的暢銷歌曲。戴維絲生於肯塔基州，十幾歲時以藍草音樂（Bluegrass Music，美國民間音樂的一種）的兩人團體出道，一九五五年單飛；身兼吉他手與RCA唱片製作人的切特・阿特金斯（Chet Atkins）發掘了她，而她以洗鍊的鄉村音樂、也就是「納許維爾之聲」的代表歌手身分受到都市樂迷的喜愛。一度與知名酒吧樂團ＮＲＢＱ的喬伊・斯潘皮納托（Joey Spampinato）結為連理。之後，從木匠兄妹到辛蒂・露波（Cyndi Lauper）、拉娜德芮（Lana Del Rey），日本也有竹內瑪莉亞、原田知世等無數歌手，都曾翻唱過這首〈The End of the World〉。《世界末日與冷酷異境》的扉頁引用了〈The End of the World〉的歌詞：

為什麼太陽還繼續照耀／
為什麼鳥兒還繼續歌唱／
他們不知道嗎／
世界已經結束

細讀的話，可以發現這裡有些不自然之處。這四行引文確實是出自這首歌，但第一行和第二行由各自的詩節各列一行，原歌詞中「世界已經結束」的後面還有一句「因為你已不再愛我」。村上春樹在引用〈The End of the World〉之際，故意省略了「世界已經結束」的原因，想必也很明顯吧。

New York Mining Disaster 1941

樂團
比吉斯
Bee Gees
收錄專輯
《比吉斯 1st》(Bee Gees' 1st)
一九六七

登場作品
〈紐約炭礦的悲劇〉
(《開往中國的慢船》)

短篇〈紐約炭礦的悲劇〉的靈感，來自英國發跡的兄弟團體比吉斯的同名歌曲。這是比吉斯樂團首次成功的單曲，於一九六七年在英、美分別拿下第十二及十四名；進入七〇年代後，以電影《週末夜狂熱》主題曲等的接連幾首歌都相當暢銷，也成為《挪威的森林》《舞．舞．舞》等作品選用的背景音樂。儘管這首歌和諧的合唱似乎受到披頭四的影響，村上春樹卻說他並不是很喜歡這首歌。

據傳比吉斯這首創作與一九六六年發生在南威爾斯的礦災有關：位於礦村艾

伯凡的捨石山發生崩塌，當地的小學也在受災範圍內，造成包含孩童一百一十六人在內的一百四十四人喪生；悲劇在歌曲發行前一年有過大幅報導。

首次刊載在一九八一年三月號的《BRUTUS》雜誌、之後收錄於《開往中國的慢船》的〈紐約炭礦的悲劇〉是殘留著非現實讀後感的實驗性作品，大致分為三個段落，最初是在說主角周圍的人相繼死去，每次有人去世他就得找友人借喪服，而那個友人一直有個奇妙的習慣，只要颱風來襲便會去動物園。下個段落，主角在六本木的派對上遇見某位女子，她告訴主角自己曾殺害一名跟主角長得很像的男子。最後則是唐突地描寫被捲進礦災中的礦工，擔心著所剩無幾的空氣，提心吊膽地等待救援。

本篇可以說是在村上春樹獨有的世界裡，探討生死及生存主題的佳作。在被困在礦坑的密閉狀態中遙想妻子的歌詞內容，令人想起潛進「井」中找尋妻子的《發條鳥年代記》。

South of the Border

歌手
納京高
Nat King Cole

收錄專輯
（無實際錄音記錄）

登場作品
《尋羊冒險記》
《國境之南、太陽之西》

《國境之南、太陽之西》的開頭〈South of the Border〉曾短暫出現在關於主角年幼時期的段落。小學時，主角與同樣是獨子，一名叫「島本」的女孩彼此交心。「有沒有想過如果自己有兄弟姊妹會怎麼樣？」被這麼問的主角回答：「沒有」。因為「如果有兄弟姊妹的話，我就應該會長成和現在不一樣的我」。在這之後，納京高唱的〈South of the Border〉「從遠方傳來」，但是有一點重要的是，現實中並不存在納京高唱這首歌的錄音（最有名的版本是法蘭克·辛納屈與比利·

梅〔Billy May〕於一九五四年發行的版本，衝上全美排行第十八名）。就像是身為獨子的主角無法想像擁有兄弟姊妹的世界一樣，「納京高版本的〈South of the Border〉」也表達了某種意義上世界的不可能性。

有意思的是，《尋羊冒險記》的後半部也出現了納京高唱起〈South of the Border〉的場面，此處寫的是：「房間的空氣似乎回到一九五〇年代了似的」。也可以說這首（感覺好像理所當然但實際上並不存在的）歌，正象徵了村上春樹獨有的幻想方式吧。這首歌原來出現在由牛仔風格聞名的演員金・奧翠（Gene Autry）主演的同名電影中，描寫與越過國境後、和墨西哥女子相遇的回憶，說穿了只不過是在一九三〇年代的好萊塢電影中搭建起的典型異國風情罷了。在此，當作想像世界遐想的墨西哥，與納京高所唱〈South of the Border〉的世界，現實中皆不存在。村上春樹可說是一貫描寫著這種存在於不可能世界裡的真實。

Family Affair

樂團
史萊與史東家族
Sly & The Family Stone
收錄專輯
《暴動進行中》
(There's a Riot Goin' on)
一九七一

登場作品
〈家務事〉
(《麵包店再襲擊》)

史萊與史東家族是發跡於紐西蘭奧克蘭的放克團體，村上出道作品《聽風的歌》與《舞．舞．舞》都有提及他們在一九六八年發表的〈Everyday People〉，這是該團首次在R&B及流行樂兩個音樂榜中皆得到冠軍的單曲。在當時，黑人與白人合組的團體還十分少見，收錄這首歌曲的專輯《Stand!》是反映六〇年代後半、美國興盛樂觀氛圍的作品。

雖然之後樂團參加了胡士托音樂節，並以該場演出歷史留名，但也出現了其他麻煩：隊長史萊・史東（Sly Stone）藥物濫用的問題遲遲未解決、奧克蘭當地的黑豹黨要求樂團解雇白人團員等等。不久，史萊雇用了黑道成員來當樂團的工作人員，終於在團員間造成不可挽救的裂痕；不曉得是不是反映了團內的混亂？無論如何，一九七一年發行的單曲〈Family Affair〉聽起來帶著前作沒有的自省，令許多歌迷驚豔。類比鼓機擊出的悶厚鼓聲節奏搭配慵懶的歌聲，這首歌裡沒有放克音樂的高揚起伏，以最小值的聲感展現自我的內向性。放克的「自省」——隨著替換運動結尾，意味著與嘗試引起共鳴的創作歌手時代一起共振的黑人音樂，就此誕生。

《麵包店再襲擊》裡收錄的短篇〈家務事〉與《挪威的森林》相關，從小一起長大、感情很好的兄妹，因為哥哥對妹妹的戀人始終沒有好感，雙方關係終於變得不太自然；最後兩人同意彼此意見不合——這呼應了史萊在看透人世情後，如何在歌詞中描寫與人之間的連結。

050

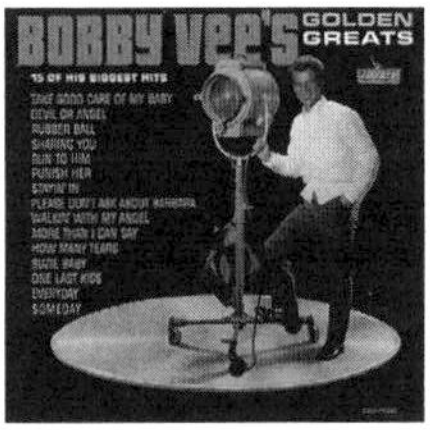

Rubber Ball

歌手

鮑比・維
Bobby Vee

收錄專輯

《Golden Greats》
一九六〇

登場作品

《一九七三年的彈珠玩具》

鮑比・維是以〈Take Good Care of My Baby〉一曲走紅的白人男歌手。一九五九年二月，巴迪・霍利以及李奇・瓦倫斯（Ritchie Valens）都在小型飛機墜機事件中喪生，他代打原來預定好的現場演出，因而出道；之後與洛杉磯的自由唱片（Liberty Records）簽約，在天才製作人史納夫・蓋瑞特（Snuff Garrett）的打造下，以青春偶像的形象嶄露頭角。一九六〇年他以〈Devil or Angel〉一曲打入排行榜前十名，乘勝追擊在同年發行的曲子就是〈Rubber Ball〉。

這首歌在《一九七三年的彈珠玩具》裡以「一九六〇年，鮑比・維唱〈Rubber Ball〉那一年」的描述出現，像是它可以代表那年似的，但現實當然不是如此。儘管〈Rubber Ball〉最高曾攻占全美第六名，但當年最紅的歌曲是帕西・費斯樂團的〈Theme from a Summer Place〉，蟬聯全美排行榜冠軍長達九週；另外，貓王也以〈It's Now or Never〉與〈Are You Lonesome Tonight?〉兩首歌，各占據了冠軍位置五及六週。其他還有漂流者樂團（The Drifters）的〈Save the Last Dance for Me〉及雷・查爾斯的〈Georgia on My Mind〉等，至今仍耳熟能詳的作品都是當年的暢銷金曲。

在這裡可說展現了早期村上作品裡選取音樂的用法，也就是不使用客觀意義上的暢銷金曲，而是藉由讓登場人物私自的選曲來斷言，將大家都知道的「正統歷史」裡的那些特定的名詞——比方漂流者的〈Save the Last Dance for Me〉——脫離，如一格「填空」，讓讀者可以依據個人經驗帶入打動自己的樂曲。正是這類可以自由替換的記號，確立其作品與讀者間產生共鳴的迴路。

It's Only a Paper Moon

歌手

納京高
Nat King Cole

收錄專輯

《紙月亮》
（It's Only A Paper Moon）
一九四三

登場作品

《1Q84》
※ 只出現曲名

最初的〈It's Only a Paper Moon〉是為了百老匯而準備的歌曲。一九三三由哈洛・阿倫（Harold Arlen）譜曲、伊普・哈伯格（Yip Harburg）及比利・羅斯（Billy Rose）填詞。雖然之後也使用在電影中，但真正走紅是拜懷特曼大樂團（編註：演奏爵士樂的樂團，流行在一九三〇年代到一九五〇年代）所賜——保羅・懷特曼（Paul Whiteman）樂團演奏的版本、佩吉・希利（Peggy Healy）的歌聲，加上邦尼・貝瑞根（Bunny Berigan）吹奏的小喇叭。

在那之後，被暱稱為「烏克麗麗・艾克」（Ukulele Ike）的克里夫・愛德華（Cliff Edwards）、艾拉・費茲傑羅（Ella Fitzgerald）、班尼・古德曼等眾多歌手皆曾翻唱過，其中最有名的版本就是納京高在一九四三年的翻唱。在戰後、由導演彼得・波丹諾維茲（Peter Bogdanovich）製作的熱銷電影《紙月亮》中成為插曲，以電影為基礎還另外製作了電視劇系列。

順帶一提，阿倫與哈伯格在數年後，以音樂劇《綠野仙蹤》的主題曲〈Over the Rainbow〉獲得奧斯卡金像獎。

《1Q84》開頭處，青豆在飯店酒吧與男子交談的場面，這首歌響起。

就算是用紙做成的月亮／
只要你願意相信我的話／
它就不會是假的

這樣的歌詞與小說主題產生共鳴是在作品進行到一半左右的時候。青豆問道她誤入的「1Q84年」與現實中的一九八四年有何不同時，得到如下回答：

原理上的由來是一樣的東西。妳如果不相信世界，或如果其中沒有愛的話，一切都是假的贗品。不管在哪一個世界、在什麼樣的世界，假設和事實的分隔線大多是眼睛看不見的。

就在二〇〇九年時，便能以流行樂經典為原型、生動描繪出後真相／假新聞這點來看，村上春樹可以說是一位預言型的作家吧。

Close to You

歌手

巴特・巴克瑞克
Burt Bacharach

收錄專輯

《靠近你》《Close to You》
木匠兄妹（Carpenters）
一九七〇

登場作品

《挪威的森林》

巴特・巴克瑞克由一九五〇年代開始活躍，與作詞家哈爾・大衛（Hal David）搭檔而廣為人知。他是美國流行樂的代表作曲家，以獨特的和弦進行及意外的旋律等與常理迥異的手法，留下許多纖細又哀愁的傑作。〈Close to You〉原由演員兼歌手的李察・張伯倫（Richard Chamberlain）在一九六三年發行，巴克瑞克的盟友狄昂・華薇克（Dionne Warwick）也在一九六五年演唱這首歌，但各自的最佳成績都只停在四十二名與六十五名，突破不了四十名的大關；一九七〇年由木匠兄妹演唱、蟬聯冠軍四週的版本最為出名，也是巴克瑞克／大衛合作的代表歌曲之一。木匠兄妹更以此拿下隔年的葛萊美獎。

我馬上想到村上春樹的作品裡、在之後改題為〈窗〉的短篇〈喜歡巴特・巴克瑞克嗎？〉（《遇見一〇〇％的女孩》）。二十二歲的主角在一家叫作「Pen Society」的公司打工，將會員送來的信件做增減改寫。在辭職前夕，一名女性會員邀請他到家裡吃牛排作為答謝。兩人就一面聽巴特・巴克瑞克的唱片，一面談個人的身世。結果當天主角雖然就這樣回家了，卻想著十年過去了、我那時候也許應該跟她睡吧？就我的印象來說，之後用上巴克瑞克歌曲的是《挪威的森林》，最後「我」與「玲子」在追悼「直子」的場面。玲子唱著木匠兄妹的〈Close to You〉、比傑・湯瑪斯（B. J. Thomas）的〈The Raindrops Keep Fallin' on My Head〉、狄昂・華薇克的〈Walk on By〉等，每一首都可說是巴克瑞克的代表作，只有最後一首〈Wedding Bell Blues〉是玲子搞錯（？），出自蘿拉・尼諾（Laura Nyro）之手才對。

Tara's Theme

樂團

帕西・費斯
Percy Faith Orchestra

收錄專輯

《微風與我》
(The Breeze and I)
一九六一年

登場作品

《發條鳥年代記》

帕西・費斯是確立輕音樂流派的加拿大作曲家。在他之前，比較流行的是以管樂為中心的音樂團體；他以華麗的弦樂征服了美國聽眾。村上春樹的《尋羊冒險記》中也能見到這位作曲家的名字，之後在《舞・舞・舞》及《黑夜之後》等作品中也重複提到。其中以《發條鳥年代記》裡的「車站前乾洗店老闆」人設最為典型。在寵物貓失蹤後，前來取回領帶的主角首次遇見這位以輕音樂狂熱者聞名的人物，而店主當時正隨著帕西・費斯樂團〈Tara's Theme〉的音樂使用熨斗。

〈Tara's Theme〉不用特別說明，是瑪格麗特・米契爾（Margaret Mitchell）原作、一九三九年維多・佛萊明（Victor Fleming）導演的電影作品《亂世佳人》（Gone with the Wind）主題曲。馬克斯・史坦納（Max Steiner）作曲，由米高梅公司專屬的樂團演奏。帕西・費斯在一九六一年發行了包含這首曲子的電影名曲集，就作曲家而言，也是他的生平代表作。

考慮到每個人喜好不同，對沒興趣的人來說，這首曲子可能聽起來就像無聊的環境音樂，但我想村上春樹基本上是不討厭這種音樂的；就算是在一九六〇年代、許多「先進的」爵士樂迷都傾向自由爵士時，他對音樂的美意識依然偏向他一直以來喜愛的、以穩健演奏聞名的史坦・蓋茲。不選擇過度主張自我，而是在自己的守備範圍內安分守己地耕耘。在村上作品裡會一一記述於餐廳或電梯裡播放的音樂名稱，也可以說反映出作者的這種態度。

Hawaiian Wedding Song

歌手

安迪・威廉斯
Andy Williams

收錄專輯

《Two Time Winners》
一九五八

登場作品

《發條鳥年代記》

安迪・威廉斯，生於一九二七年的美國國民歌手，曾在家鄉教會與兄弟三人組成合唱團，一九五三年單飛，一九六二年到一九七一年擔任電視節目《安迪・威廉斯秀》（The Andy Williams Show）主持人（這個節目也在日本NHK播放，所以他在日本的人氣也很高）。製作過許多電影主題曲，以〈Moon River〉〈Days of Wine and Roses〉等代表作聞名。

〈Hawaiian Wedding Song〉原曲出自一九二六年、夏威夷的查爾斯・E・金

（Charles E. King），一九五八年重新編寫成由安迪・威廉斯演唱的版本，並登上全美排行榜第十一名，名噪一時。

在村上作品《發條鳥年代記》裡，歌曲於乾洗店內登場的情景讓人印象深刻。主角把妻子的襯衫裙子拿去店裡時，輕音樂愛好家的店主正在播放〈Hawaiian Wedding Song〉與〈Canadian Sunset〉，聽得入迷。

既然村上春樹時常像這樣提到輕音樂的作曲家及歌手，那我就來簡單介紹一下這個樂種的歷史。其實在一九五〇年代中期、搖滾樂誕生之際，三三轉的黑膠唱片「密紋唱片」（LP）被定位是給爵士樂及流行樂等大人音樂的媒介。當時的美國音樂市場以「世代」分化，給年輕人聽的歌曲以EP（四五轉唱片）流通於市面，另一方面，給大人聽的音樂則以LP錄音。

以「給大人聽的音樂」面向製作音樂的有法蘭克・辛納屈、安迪・威廉斯等歌手，以及之前提到的帕西・費斯等作曲家們，也帶給音樂市場莫大的影響，美國告示牌還在一九六一年新增設「輕音樂」排行榜。

More

作曲家

馬丁・丹尼

Martin Denny

收錄專輯

《The Versatile Martin Denny》

一九六二

登場作品

《黑夜之後》

馬丁・丹尼是以「異國風情音樂」創始者而聞名的作曲家、編曲家。受過正統古典樂教育的他在一九五四年造訪夏威夷，使用貝殼、鳥鳴或琴及甘美朗等民族樂器，創作以「南國樂園」為概念的音樂。收錄了暢銷曲〈Quiet Village〉的專輯《異國》（Exotica, 1957）恰好搭上當時流行的東方潮流，登上全美排行榜寶座。在日本，黃色魔術交響樂團（YMO）的細野晴臣為之傾倒，九〇年代後因異國／沙發音樂的再次流行而重新回到大眾面前。

在《黑夜之後》裡，被當作家庭餐廳背景音樂的〈More〉，收錄於一九六二年的《The Versatile Martin Denny》專輯，原先是電影《世界殘酷奇譚》（Mondo Cane）的主題曲，由里茲・歐特拉尼（Riz Ortolani）作曲。

將夜晚的都會當成「異世界之一」來描寫的作品，再加上象徵性的選曲，為作品帶出更深層的異世界性。

Begin The Beguine

歌手

胡立歐
Julio Iglesias

收錄專輯

《重新開始》
(Begin The Beguine)
一九七八

登場作品

〈胡立歐・依格雷西亞斯〉
(《夜之蜘蛛猴》)

至今發行十四國語言、八十張以上的專輯，在全世界的作品銷售超過兩億張的西班牙國民歌手胡立歐，是流行音樂史上最為成功的歌手之一。他雖然在一九六〇年代後期以歌手身分開始活動，但名揚國際是因為一九七八年翻唱的〈Begin The Beguine〉。

帥氣的外表加上歌聲，魅惑了世界上的師奶們；一九八〇年代也頻繁地在日本的歌唱節目中演出。不過當時確實有種「喜歡音樂的正常人絕對不會認可胡立歐」的氛圍，短篇〈家務事〉裡，主角將他的音樂稱為「鼴鼠糞」；《夜之蜘蛛猴》收錄的（超）短篇〈胡立歐・依格雷西亞斯〉中，登場人物為了驅趕海龜、而用砂糖水般的聲音唱了這首歌，文脈也嗅得出那種不認同胡立歐的氛圍。但是實際上是否真是如此糟糕的音樂，應該藉這個機會重新聽一下才對。

Hit the Road Jack

歌手

雷・查爾斯
Ray Charles

收錄專輯

《雷・查爾斯精選輯》
(Ray Charles Greatest Hits)
一九六一

登場作品

《舞・舞・舞》

美國黑人音樂的代表人物之一、融合藍調與福音創立靈魂樂，確立了樂種；一九五二年簽入大西洋唱片，以代表廠牌的歌手身分一連發表了〈What'd I Say〉（一九五九）、〈Georgia on My Mind〉（一九六〇）、〈I Can't Stop Loving You〉（一九六二）等暢銷單曲；以盲人歌手身分名列滾石雜誌二〇〇二年「百位最偉大音樂家」第十名。

在村上春樹的作品中，雖然經常提到如同這首一樣「每天重複聽，聽到都可以背起歌詞」的老歌，但在《舞・舞・舞》中出現的〈Born to Lose〉歌詞「我從生下來就繼續失去」則可以看出，這部作品的主題是「失去」。

Dear Heart

歌手
亨利・曼西尼
Henry Mancini
收錄專輯
《親愛的心》
(Dear Heart)
一九六四

登場作品
《挪威的森林》

亨利・曼西尼是葛萊美獎提名過二十次的電影音樂家、編曲家，第二次世界大戰時從軍，之後在率領葛林・米勒大樂團（Glenn Miller Orchestra）的泰克斯・貝內克（Tex Beneke）底下負責鋼琴與編曲事務，四〇年代後半開始製作電視電影原聲帶，並以奧森・威爾斯（Orson Welles）導演的電影《歷劫佳人》（Touch of Evil）以及布萊克・愛德華斯（Blake Edwards）製作的電視劇《彼得根》（Peter Gunn）主題曲一炮而紅，其在《第凡內早餐》（Breakfast at Tiffany's）及《相見時難別亦難》

（Days of Wine and Roses）等電影中唯美浪漫的旋律，到現在依然廣受喜愛。

《舞・舞・舞》中，曼西尼作曲的〈月河〉（Moon River）是從天花板裡的喇叭傳出的，這場景雖然類同帕西・費斯以及波爾・瑪麗亞（Paul Mauriat）等音樂作品出現在小說裡的匿名背景音樂手法，但在《挪威的森林》裡，〈Dear Heart〉則擔任了特別的任務：是「我」在聖誕節時送給直子的專輯。

Up on the Roof

歌手
詹姆士．泰勒
James Taylor
收錄專輯
《旗幟》（Flag）
一九七九

登場作品
〈日日移動的腎形石〉
（《東京奇譚集》）

短篇〈日日移動的腎形石〉（《東京奇譚集》）裡出現的這首歌，原來是由卡洛．金與傑瑞．高芬（Gerry Goffin）作曲、黑人歌唱團體漂流者樂團在一九六二年發行後登上全美排行榜第五名的暢銷金曲。

金與高芬年少結婚，以作曲家身分活躍於樂壇；之後兩人離婚，進入七〇年代後的金與好友詹姆士．泰勒一同成為創作歌手。「失落難過時到屋頂上看看星空與街道，心中的謎團便會消失」，高芬也覺得這是自己創作的歌詞中最好的作品之一。請一定要比較一下詹姆士・泰勒在一九七九年《旗幟》裡的版本與漂流者樂團的原版。儘管兩者都是在村上作品裡數次登場的音樂家，但可以從這兩首歌的不同之處感受出時代的變化。

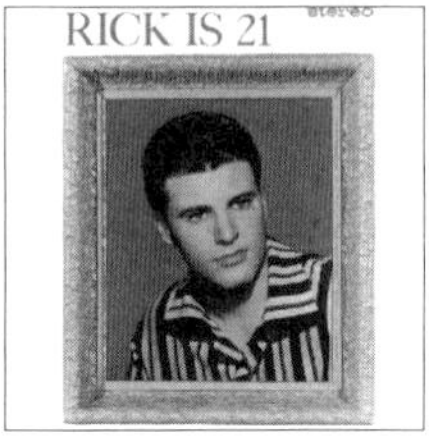

Hello Mary Lou

歌手

瑞奇・尼爾森
Ricky Nelson

收錄專輯

《成年禮》
（Rick Is 21）
一九六一

登場作品

《一九七三年的彈珠玩具》

曾是電視童星的尼爾森，於一九五七年以偶像歌手的身分出道；十七歲發行充滿對卡爾・帕金斯（Carl Perkins）致敬景仰之意的首張專輯《瑞奇》（Ricky），大受歡迎，創下告示牌冠軍的最年輕紀錄。在《一九七三年的彈珠玩具》中、代表「一九六一年」登場的歌曲〈Hello Mary Lou〉，是排行榜冠軍的《Travelin' Man》的B面歌曲。

與選擇鮑比・維的〈Rubber Ball〉一樣，可以看做是村上春樹特有的恣意妄為：拒絕眾所周知熱門單曲的「官方歷史」，作品中處處藏著可供替換的記號；初期村上作品中出現的音樂，是可喚起讀者們想像力的。縱然尼爾森之後在七〇年代開拓了鄉村搖滾音樂類型，卻無法獲得如從前一般的成功，最後於一九八五年死於交通事故。

Chapter 4

古典樂
預告異世界

クラシック～
異界への前触れ

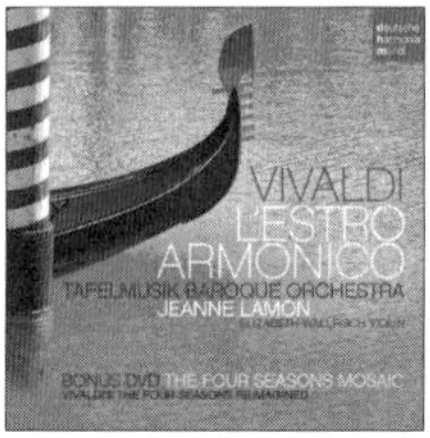

調和之幻想

Concerto No. 6 In A Minor For Solo Violin (RV 356): I. Allegro

作曲家

韋瓦第 Vivaldi

指揮

珍妮・拉蒙
Jeanne Lamon

小提琴

伊莉莎白・沃爾費許
Elizabeth Wallfisch

樂團

餐桌音樂樂團
Tafelmusik Baroque Orchestra

收錄專輯

《調和之幻想》
（L'Estro Armonico）
二〇〇七

登場作品

《一九七三年的彈珠玩具》

《一九七三年的彈珠玩具》中，有兩首巴洛克風格的曲子在很奇妙的地方登場；一是韓德爾的〈直笛鳴奏曲〉，是主角——同時也是旁白「我」的「女友」——從前送給主角的禮物，時機是在回想起好幾年前、「女友」和「我」曾無數次放著這張唱片做愛。

二是當機動隊突然衝進在校園裡、「韋瓦第的〈調和之幻想〉正以最大音量播出。」空蕩蕩的、用來代替障礙欄的長椅下，卻能聽見韋瓦第的樂曲，可說充滿非現實也因此而滿懷詩意。

也許是因為〈調和之幻想〉這個曲名吧。他們所參與的運動最終目的是「世界調和」、最終結束於幻想——結局原來是幻想啊——像是故意要讓讀者這麼解讀一般。

當然，這張韋瓦第的協奏曲集並沒有這個意圖。這首〈調和之幻想〉也翻作〈調和的靈感〉，由字面上意思可以知道不過是指「聲音調和的靈感」。在此可感受到作曲家的強勢態度，「你最好來聽聽我採嶄新和聲的熱血音樂大作！」

只不過，要是在這出現的不是韋瓦第而是其他古典樂曲，場面可能就不會如此詩情畫意；換作貝多芬那種的壯麗英雄感，整體就會變得很土（大江健三郎在《Pinch Runner》裡如此描述），華格納的話就更超過、甚至有點滑稽了（想像一下如神祕之城崩塌的音樂響起，隨之而來的竟是機動隊突然闖入的畫面，簡直是漂流者6的搞笑小短劇）。

5 漂流者：搞笑短劇樂團。

韋瓦第這首可說沒有內涵的華麗樂曲，正好非常適合這個段落。代替障礙欄的長椅開始倒塌，在整片黑暗中照進一絲晚秋的溫柔煦光，而韋瓦第就豎立在如此無意義的場景中。

回想美好的過去時，村上會在作品中使用巴洛克音樂。前面提過的韓德爾〈直笛鳴奏曲〉象徵著與已離世「女友」之間喚不回的過去；或是《舞・舞・舞》中的普賽爾（Purcell）、《1Q84》的泰雷曼（Telemann），都在暗示現在與過去之間深不可測的斷層，對於已逝去的過往補充自己的態度「是也沒這麼感傷」後，才能繼續講故事（設定一樣是上床後的隔天清晨。過去的美好也與性緊密連結）。

《一九七三年的彈珠玩具》的時代（一九八〇年），儘管樂壇已有非常前衛的變化，巴洛克樂曲的演奏方式卻幾乎還是十九世紀浪漫派的風格延續。也是因為如此，巴洛克音樂才能維持高尚的格調，在小說中好好發揮勾引鄉愁的功能吧。

現今的巴洛克樂曲演奏是以自由闊達的獨奏，配上通奏低音的猛烈節拍為主流，承襲了當時音樂所追求的「循著情感去做戲劇般的演出」。對熟知以演奏韋瓦第〈四季〉而知名的義大利音樂家合奏團（I Musici）的人來說，想問自己究竟是在聽重金屬還是吉普賽音樂演出的並不在少數。現代的樂團，會用熱烈的風格來演奏〈調和之幻想〉的也有好幾個。由餐桌音樂樂團展現出高速行駛臨場感的小提琴獨奏，再加上雄壯無邊的通奏低音，這場演奏的氣勢可說是遠遠勝過機動隊啊。

第十七號
鋼琴奏鳴曲 D 大調
Sonata for Piano in D Major, Op. 53

作曲家

舒伯特 Schubert

鋼琴

尤金・伊斯托敏
Eugene Istomin

收錄專輯

《伊斯托敏音樂會錄音》（The Concert and Solo Recordings）
一九六九

登場作品

《海邊的卡夫卡》

在《海邊的卡夫卡》中，出現登場人物長時間敘述同一個音樂的場景；正在開車的大島向「我」（也就是卡夫卡少年）滔滔不絕地說著舒伯特的第十七號鋼琴奏鳴曲，說這首奏鳴曲不完美，但也是因此而被吸引。

村上在有關音樂的隨筆集《給我搖擺，其餘免談》裡也一直提到這首曲子，寫道就算在舒伯特數量可觀的奏鳴曲中，他也特別喜愛這首；接著可以發現，《海邊的卡夫卡》裡大島對舒伯特的想法，跟作者是完全一樣的。

特別是對舒伯特奏鳴曲的「冗長」「混雜」與「擾人」，可說是講到了心坎裡，然後闡述這叫「融通無礙的世界」。

確實，這音樂實在是枯燥無味。但是當這充滿日常感的枯燥音樂加上突如其來的憂鬱氣氛，就讓聽者能夠瞬間移動到超乎想像的世界——然後再一臉像是什麼事都沒發生過地回到日常生活。

與靠著超群的引導穿梭在多彩世界的莫札特音樂不同，也與貝多芬備受期待、有如熱鬧武打片式的音樂不同，舒伯特絕不會有如此尖銳的發展。帶著可說是愚鈍表情、持續生活在千篇一律中的我們，舒伯特的音樂訴說出了有無法得知真實面目的世界正潛伏其中。

咦，這跟誰的小說不是很像嗎？沒錯，雖然本人應該也是一副假裝不知道的臉，但村上春樹的長篇小說和舒伯特的鋼琴奏鳴曲可說實則非常相似，即只消跨出一步，就會到達異世界。

該首曲子在舒伯特的鋼琴奏鳴曲中絕對不是主角。共四個樂章、接近四十分鐘的鉅作，《海邊的卡夫卡》的大島說：不完美感很明顯。像失去方向那樣不順的變化，完全無法預測接下來會如何發展；整體統一感也很薄弱，給人分散的印象，聽著也無法讓人感到平靜。在這情況下，最終樂章一下嬌柔一下激烈，唐突到讓人不禁失笑（儘管如此，那種憂鬱氛圍中的微涼感也表現得很棒）。故事氣氛大概與《舞・舞・舞》與《發條鳥年代記》相當的這部作品，與第十七號鋼琴奏鳴曲D大調的世界相當接近：不知來歷的奇異人物突然出現，被動的旁白「我」被拉往完全錯誤的方向。

《給我搖擺，其餘免談》裡，村上親自將這首曲子的十五張黑膠唱片一字排開、評論演奏，是非常有趣的一段。推薦的鋼琴家包括尤金・伊斯托敏、華爾特・克林（Walter Klien）、克利福德・柯爾榮（Clifford Curzon），與雷夫・奧維・安斯涅（Leif Ove Andsnes）。這幾位演奏者的演奏風格都不是那麼強烈。演奏得太過用力或是太過知性，過於展現演奏者的自我想法都會被村上敬而遠之；各個樂章由零散印象被柔和地整合為一，每一張都是平衡感絕佳的演奏。也就是說，擁有將全然散碎的材料毫不費力地、慢條斯理地整理成一個故事的能力。這也很村上春樹。特別是他最初聽得入迷的伊斯托敏版本，乾爽明亮的音色脫穎而出。嗯嗯，這種講故事的方式不正是村上的世界觀嗎？

小交響曲

Sinfonietta

作曲家

楊納傑克 Janáček

指揮

喬治・塞爾
George Szell

樂團

克里夫蘭管弦樂團
The Cleveland Orchestra

收錄專輯

《巴爾托克：管弦樂協奏曲
楊納傑克：小交響曲》
（Bartók: Concerto for Orchestra,
Janáčk: Sinfonietta）
一九六五

登場作品

《1Q84》

村上作品中，當主角踩進異世界前，將古典音樂當作前兆或是契機而使用的場面不少；換句話說，古典樂可以說是通往異世界的窗口或是鑰匙。《1Q84》中楊納傑克的「小交響曲」也是如此。這首樂曲扮演著現實與異世界、或是連繫主角兩人的「橋」（功能）。一開始，塞在車陣中的計程車裡響起這音樂，就代表主角即將推開通往異世界的大門。

楊納傑克是位非常不可思議的作曲家，他的每一部作品都有一個特徵，就是一聽就知道是楊納傑克的作品，就算做了什麼嶄新的嘗試也不會輕易展現出來。他能夠寫出曲調高昂的音樂，卻不帶有貝多芬式的侵略性；同時將主要登場人物皆寫成動物、卻又能夠高雅的演奏天馬行空歌劇（他的《狡猾的小狐狸》[The Cunning Little Vixen]是歌劇藝術中可以排入前五名的傑作）。

「小交響曲」同樣充滿了楊納傑克風格。使用東洋五音階，主題會像植物一樣成長，與從來都屬於肉食系的西洋音樂相比，可說偏向草食氣質，也有一種非常新奇的感覺。當初是為了體育大會（就像日本的國民體育大會）而構想這首曲子，在一般的交響樂團之外加上額外但必要的銅管樂器小分隊；可能是因為演奏成本較高，因此雖然擁有知名度，卻不是很常被演奏。不過，如同《1Q84》的青豆與天吾在小學時代的那段往事，還是有給業餘人士演奏的機會。

「Sinfonietta」原意即是小交響曲。與堅定沉穩的交響曲不同，小交響曲是由重複樂句的逐漸變化發展，也與變奏曲相近，具有開闊的構成特徵；最終樂章沿用第一樂章的開場，最初為短調、接下來又返回長調等等，可以察覺到他企圖慢悠悠地統合整體（提到慢條斯理的結合、整體感，也能套用在《1Q84》的結構上）。

在小說中，青豆聽的是塞爾指揮、克里夫蘭管弦樂團的演奏；另一方面天吾則是聽小澤征爾指揮、芝加哥交響樂團的版本。兩位登場人物各自聽著相同樂曲的不同版本：哪怕看著同樣風景，每個人所見到的也不盡相同。特地將兩個不同的演奏版本放進來，是村上春樹準備的最大重點。

塞爾版本的特色是用尖銳的節拍感、明瞭雄壯地描寫每一處細節；但是節拍異常緩慢。樂曲就像是在演奏中甦醒過來，機敏之外更讓人有一種無可言喻的時尚感。

另一方面，小澤的版本節奏雖屬中庸，卻擁有塞爾版本缺少的、不可思議的狂熱；熱情築起了全曲的架構。雖然細部的表現也很精緻，但總有種「我有好好努力用功」的勤勉感（也可以說是小澤征爾特有的風格）。

兩者的共通點是都能在樂曲中見到演奏者的強烈意志。另外，兩者都是由非美籍指揮家來指揮美國樂團的作品。

塞爾版本的強烈意志展現於青豆的行動力以及她鮮明的性格，小澤版本的熱情與奇妙的通俗感，不就正是天吾的人物設定嗎？兩張「小交響曲」分別完美描繪出兩位登場人物。

巡禮之年：鄉愁

Le Mal Du Pays

作曲家

李斯特 Liszt

指揮

拉薩・貝爾曼
Lazar Berman

收錄專輯

《巡禮之年》
（Franz Liszt: Années de pèlerinage）
一九七七

登場作品

《沒有色彩的多崎作和他的巡禮之年》

與活躍地穿梭世界間的《海邊的卡夫卡》和《1Q84》不同，《沒有色彩的多崎作和他的巡禮之年》是差一點就無法留在單一世界裡、並針對那樣的心理加以特寫的纖細作品。「異世界」從主角作的夢境幽微地接近，使他感到對未知深淵的恐懼，但他並沒有因此向下沉陷，反而是被身邊的人們救贖了。

負責串聯登場人物內心深處的是音樂：聯結了作與黑妞、白妞，還有融合黑妞和白妞而成的人物灰田。而聯結他們內心深處的，是收錄於李斯特鋼琴曲集

《巡禮之年》的〈Le Mal Du Pays〉。

全四章的《巡禮之年》，是李斯特當年就自己經由旅行或文學作品得到的靈感所創作的隨想集。〈Le Mal Du Pays〉是最初章〈第一年：瑞士〉的第八首，在這雄壯的樂曲集中，首先可以說表現普通，不是會被單獨彈奏的樂曲。樂曲名通常被翻譯為「鄉愁」，灰田對作這麼解釋：「田園風景喚起人們心中沒來由的哀傷」。

以鮮明的單旋律開場，以數小節為單位變換調性，不安定地來回徘徊；但進入主要部分後民謠風旋律接踵而來（原曲為瑞士傭兵傳唱的歌曲），接著又回到一開始的氛圍。中間唐突地轉為長調的部分雖然使人感到甜美的哀愁，不過也持續不久。

〈鄉愁〉這首樂曲正完全呈現白妞不安穩的精神狀態。此外，這首曲子首度出現，是在二十幾歲的年輕李斯特所創作的《旅人集》(Album d'un voyageur) 中。如果去聽原曲，會發現開頭的旋律雖然一樣，但是中間氣氛一變、轉為舞踏風的歡樂音樂，給人完全不同的印象。二十年後，成為大人的李斯特在寫新曲集時，便重新改編像這樣不健康的作品。

以前白妞彈過這首曲子。會再與這首樂曲相遇，是因為灰田帶來貝爾曼版本的唱片。貝爾曼以彈奏李斯特聞名，同樣是李斯特的難曲〈超技練習曲〉，貝爾曼可以用超乎常人想像的高超技巧彈奏，讓聽眾目瞪口呆。不過由他演奏的《巡禮之年》，不知道是否刻意加入成熟風格，表現相當濃重；色彩豐富、一心一意地彈奏每一個音階，多少有點沉重。

而這大概也是作對白妞的想法。如此唯美的演奏確實就是「有色彩」的李斯特，因為原本無色彩的作一直憧憬著色彩。

這本小說中還讓另一個版本的〈鄉愁〉登場：作抵達芬蘭、去見黑妞時，黑妞在自己家裡播放的布倫德爾（Brendel）版本專輯。布倫德爾是擅長演奏貝多芬及舒伯特等德國作曲家的鋼琴家，他彈奏的李斯特有著透明感，知性地凝縮的美展現其中。真要說的話，就是端正。也就是，「沒有色彩」的演奏。

黑妞從前喜歡過作。可以說，黑妞對作的情意也託付在這張無色的布蘭德爾版本中。當然同時也包含了黑妞對白妞的想法。

喜愛貝爾曼版本的作在聽到布倫德爾版本後，意識到從前的碎片其實都是相關的。他因為音樂而找出他在現實中應該存在的地方；不，應該說沒有這首曲子的話，我想這本小說可能會是一個中二病狀態的結局吧……

第三號鋼琴協奏曲

Piano Concerto No. 3 In C Minor

作曲家

貝多芬 Beethoven

鋼琴

格倫・顧爾德 Glenn Gould

指揮

李奧納德・伯恩斯坦 Leonard Bernstein

樂團

哥倫比亞交響樂團 Columbia Symphony Orchestra

收錄專輯

《第三號鋼琴協奏曲》(Beethoven: Piano Concerto No. 3 In C Minor) 一九五九

登場作品

《聽風的歌》

在「沒有小指的女孩」工作的黑膠店內，「我」買了這張唱片。女孩問，「格倫·顧爾德與巴克豪斯，你要哪一張？」

村上春樹的第一本小說《聽風的歌》裡，「我」沒有選擇演奏貝多芬的正統派「鋼琴獅王」威廉·巴克豪斯（Wilhelm Backhaus），反而買下加拿大怪傑鋼琴家顧爾德的版本。要是「我」帶走的是巴克豪斯的版本，搞不好小說家村上春樹就不會誕生了。

巴克豪斯彈奏的貝多芬風格痛快，全曲統合自然，再加上指揮家許密特伊瑟許泰特（Hans Schmidt-Isserstedt）與維也納交響樂團的共同演出，完成度之高簡直可以掛保證。另一方面，顧爾德彈奏的貝多芬就曲折多了。在第一樂章，他與伯恩斯坦指揮的哥倫比亞交響樂團意見分歧，聽起來就是僵硬；在華彩樂段（Cadenza）登場之際，樂曲又搖身一變、表現得意氣風發，整體來說力道不一。顧爾德與貝多芬之間的矛盾關係就這樣浮上檯面。

此版本最值得一聽的點是第二樂章：慢拍中斷斷續續進行的琴音有著閃耀的絢麗；彷彿過濾後的孤獨。就算所有意義與感情都遭冷酷地否定，也無法抵抗那隱約躲藏其中的存在感，我想這是在表達《聽風的歌》的世界觀。

「我」將這張黑膠送給了「老鼠」，一個已無法再縮短雙方距離的對象。這張黑膠收錄的貝多芬，鋼琴家顧爾德與指揮伯恩斯坦，雖然一起演出也彼此認可，但保持距離的關係，似乎可以與「我」和老鼠作為對比——雖然我覺得讀村上時去想這樣的事是個壞習慣。

林中景象：預言鳥

Waldszenen, Op.82 - 7.
Vogel als Prophet

作曲家

舒曼 Schumann

鋼琴

瓦勒利・阿方納西耶夫
Valery Afanassiev

收錄專輯

《克萊斯勒魂・森林情景》
（Kreisleriana・Waldszenen）
一九九二

登場作品

《發條鳥年代記》

《發條鳥年代記》一至三部，各自用上與鳥有關的音樂作品當作副書名；第二部的〈預言鳥篇〉取自舒曼的鋼琴作品《森林情景》中的〈預言鳥〉。在看了妻子要求離婚的信件後，「我」喝著啤酒、一手按下收音機的按鈕時，傳出的就是這首歌。「我」想像著妻子與其他男人做愛，「指甲抓著對方的背，在床上垂涎的樣子」。

儘管是帶點幽暗的浪漫主義，《森林情景》這部作品集依然擁有詭譎的氛圍：

聽見遠遠地、聽起來讓人有不祥預感的鳥叫聲，猶如從截然不同的世界裡傳來鳥兒的鳴唱；「我」的妄想則有如與故事唱和般地愈形悲慘，同時表示一直在暗地裡為世界上發條的發條鳥真的存在。第二部始終瀰漫著不安穩的氛圍，最後就算「我」得知妻子是與謎樣的女子結合，故事仍在坐立不安、沒有明確解釋的情況下結束。

《森林情景》為舒曼在三十八歲時寫成，由九首樂曲構成的鋼琴獨奏作品集。與二十幾歲時寫的《克萊斯勒魂》《狂歡節》[7]那樣將演奏能力推到極限、意氣風發的風格不同，《森林情景》內斂沉穩，帶有德國浪漫派特有的文學風采。第七首〈預言鳥〉的半音音階彈奏充滿了怪誕感。有不計其數的演奏家錄製過它，但俄羅斯奇才阿方納西耶夫的演奏顯得與眾不同：彷彿時間感已然錯亂的緩慢拍子在在強調神祕感、應當是要陶醉其中卻又好似有什麼在覺醒……這個演奏版本應該和《發條鳥年代記》所描述的世界相當接近。

7　二〇一九年時，村上並以此為題撰寫短篇小說，刊載於《文學界》二〇一九年十二月號。

歌劇
《鵲賊》序曲
La gazza ladra

作曲家
羅西尼 Rossini

指揮
克勞迪奧・阿巴多
Claudio Abbado

樂團
倫敦交響樂團
London Symphony Orchestra

收錄專輯
《序曲集》
（Rossini: Overtures）
一九七五

登場作品
《發條鳥年代記》

就像〈預言鳥篇〉的副書名，《發條鳥年代記》第一部的〈鵲賊篇〉及第三部的〈刺鳥人篇〉，也都牽涉到相關音樂所描寫的世界觀。〈鵲賊篇〉與羅西尼的歌劇同名，〈刺鳥人篇〉指的則是莫札特的歌劇《魔笛》。在大導演史丹利・庫柏力克（Stanley Kubrick）的知名電影《發條橘子》中，搭配惡棍們暴力場面的，也是這首讓人印象深刻的《鵲賊》序曲。在小說開頭，「我」正煮著義大利麵、一邊和著電台播放的這首曲子吹口哨，之後就接到了從異世界打來的奇妙電話。

歌劇《鵲賊》描寫的是被喜鵲惡作劇而人仰馬翻的人們，最後在偶然的情況下真相大白，迎來皆大歡喜的結局——既代表著因發條鳥的無形力量而被捲入種種不可思議的「我」，也象徵無法樂觀地認定「老婆一定會回來」，卻也無法積極行動的「我」。另一方面，莫札特的歌劇《魔笛》，其主題是只有透過不斷地修習及鍛鍊，才能獲得最後勝利——「我」潛入妻子前往封閉世界的井（為了得到那口井，他甚至購入土地）積極地嘗試探索。妻子所在的異世界飯店中，男孩以口哨哼著《鵲賊》序曲，但是在第三部聽見口哨聲的「我」，才想到之後要去調查這部歌劇的內容究竟為何。但是他又想「也許已經不會想知道了」。從被動的《鵲賊》到主動的《魔笛》世界，可見他內心轉變的方向。

當然，《魔笛》的主動性說穿了也是建立在被（劇中角色大祭司薩拉斯托[Sarastro]）強制、操控的基礎上，最終當然也非皆大歡喜的結局。阿巴多指揮倫敦交響樂團的版本節拍快速、風格相當有彈性，高雅卻不失高潮，是能夠代表阿巴多指揮藝術的傑作。

紫羅蘭

Das Veilchen

作曲家

莫札特 Mozart

女高音

伊莉莎白・舒娃茲柯芙
Elisabeth Schwarzkopf

鋼琴

華特・季雪金
Walter Gieseking

收錄專輯

《莫札特演奏會》
(A Mozart Song Recital)
一九五五

登場作品

《人造衛星情人》

村上的作品常以古典樂作為進入異世界的窗口或鑰匙，在《人造衛星情人》裡登場的莫札特樂曲〈紫羅蘭〉，則以最自然的方式描寫這件事。旁白「我」在深夜時分的羅德島山頂上聽到音樂（類似希臘民族音樂）。「我」沒辦法知道在那演奏著的究竟是什麼，但推測消失在島上的小堇也是聽著這首曲子上山、直到進入了異世界。

在聽見山頂上傳來的音樂之前，「我」正聽著莫札特〈紫羅蘭〉的卡帶。歌詞「在野外綻放的紫羅蘭，被牧羊女粗心大意地踩過」來自哥德的詩作，而小堇是在中學的時候知道自己名字的由來。為何母親要以這樣「無可救藥地，連教訓都沒有」的歌曲為自己的女兒取名，小堇曾深受打擊[8]。

在這一幕裡，「我」聽著〈紫羅蘭〉、而有個什麼東西則企圖透過異世界的小堇，誘惑「我」前往異世界。

〈紫羅蘭〉是莫札特初期的代表作，詠唱著失去的希望以及若隱若現的被虐恍惚感[9]，並暗示小說中帶著傷的登場人物們，以及小堇與妙妙間的關係。

小說裡出現的是舒娃茲柯芙演唱的版本；演奏過於戲劇化地強調悲劇，但由於舒娃茲柯芙豐富多變的音色表現，使得作品不至於都往同一個方向偏斜。新即物主義鋼琴家季雪金的伴奏也表現得相當沉著。

---

8 「紫羅蘭」的日文即為「菫」。

9 Neue Sachlichkeit，亦稱新客觀主義。

英國組曲

Englische Suiten

作曲家

巴哈 Bach

鋼琴

伊沃・波哥雷里奇
Ivo Pogorelich

收錄專輯

《第二&第三號英國組曲》
（Bach: English Suites 2 & 3）
一九八五

登場作品

《黑夜之後》

《黑夜之後》描述的是所有東西皆可以匿名交換的世界。正因如此，一定會有最後一個不能交換的東西，但有趣的是就算是這樣的世界觀，登場音樂本身卻很具體。

舉例來說，工作時聽伊沃・波哥雷里奇版《英國組曲》的白川，會在深夜工作的空檔對妓女施加暴力，天亮了就回家過日常生活。

作品中幾乎所有的登場人物都無法表現出他們隱藏起來的那一面。然而，不論白川有著怎麼樣的成長過程及想法，在小說世界中並不構成任何問題。說到底，他只不過是可以跟正讀著小說的你交換的另一個人罷了。

他聽波哥雷里奇彈奏的巴哈。這是一首能讓人聯想到封閉宇宙的曲子。

近期的波哥雷里奇完全活在孤高的世界裡。就算仍與大型唱片公司保持合約關係，但已有二十年以上沒有出新譜；也有過無論是哪首樂曲皆以極慢的節拍彈奏，讓整個會場氣氛凍結的時期——對作品風格完全不予理會，只管描繪孤獨的自己，進行拒絕牽涉任何事物的演出。

當然在演奏這個巴哈版本時，他還身心健康。隨著颯爽的節拍，大膽匀稱卻又細密精緻地描寫巴哈的緊密宇宙。不過，這樣的波哥雷里奇在面對作曲家巴哈時，又靜靜地湧現了一種孤獨。比起那種全部村人都被殺害、只剩自己一人活下來的故事性，對他來說比較像是「不曾有任何人存在過」的普通。

所以白川的孤獨是不需要理由的。然而，現代也是與那種沒有理由的孤獨正面對決的時代。

歌劇《漂泊的荷蘭人》序曲

Der fliegende Hollände

作曲家

華格納 Wagner

指揮

威廉・福特萬格勒
Wilhelm Furtwängler

樂團

維也納交響樂團
Vienna Philharmonic Orchestra

收錄專輯

《華格納：管弦樂曲集》
（Wagner: Orchestral Works）
一九四九——一九五四

登場作品

「麵包店再襲擊」
（《麵包店再襲擊》）

在村上的作品中，華格納算不上重要的作曲家。或者我們應該說，盛大描寫雄渾敘事詩的華格納恐怕不是村上的菜；就像他也不會去評價三島由紀夫那樣。

華格納的音樂只具體出現在村上的極短篇〈麵包〉以及其後續的短篇〈麵包店再襲擊〉。其他就只有在《海邊的卡夫卡》《沒有色彩的多崎作和他的巡禮之年》及《1Q84》中，由書中人物提到華格納的名字。

〈麵包〉講的是飢餓的「我」與夥伴，企圖襲擊麵包店搶奪麵包，老闆對他們說「只要願意喜歡華格納[10]，店裡的麵包隨便你們拿」。兩人聽著華格納的黑膠唱片，不費吹灰之力便拿到了大量麵包。

《麵包店再襲擊》的故事則發生在多年後、「我」與妻子餓得睡不著的那一夜：「我」由於與麵包店老闆的交易、不費吹灰之力就獲得麵包，就像被下咒般不論做什麼都無法滿足；妻子則為了破除另一半的詛咒、主張再次襲擊麵包店。除此之外，還有從學生運動開始的社會改革，與走到一半就草草結束的羞愧感；作品中在在象徵性地描寫這些變成「詛咒」的東西，就重重地壓在這個社會上。

在此，村上春樹寄託於華格納作品的正是「詛咒」。比如說《尼伯龍根的指環》中被詛咒的戒指，就讓人想起《發條鳥年代記》裡間宮中尉所下的咒語：「既無法愛人，也無法被愛」。

10　只有這裡聽的是《漂泊的荷蘭人》，其他段落聽的是《崔斯坦與伊索德》（Tristan und Isolde）。

於〈麵包店再襲擊〉登場的《漂泊的荷蘭人》歌劇，內容在描述一位被下咒的荷蘭人船長，在獻出貞操的女子出現前他必須一直徘徊於海上。在這裡，希望各位也能被福特萬格勒指揮維也納交響樂團的演出下咒成功。

鱒魚

Die Forelle

作曲家

舒伯特 Schubert

男高音

伊恩・博斯崔吉
Ian Bostridge

鋼琴

朱利葉斯・德雷克
Julius Drake

收錄專輯

《舒伯特：藝術歌曲》
（Schubert: Lieder）
一九九八

登場作品

〈蜂蜜派〉
（《神的孩子都在跳舞》）

收錄於《神的孩子都在跳舞》最後的短篇〈蜂蜜派〉，描寫的是《挪威的森林》登場人物的假想未來：倘若Kizuki並沒有自殺，並與直子結了婚、有了孩子的話，「我」會如何應對？

小說核心的三角關係，與淳平向小夜子的女兒沙羅講述的虛構故事重疊、契合，醞釀出複雜的興味；故事情節層層交疊上去，而能夠表達其複雜心理的一幕，就是小夜子用鼻子哼起舒伯特〈鱒魚〉的旋律。

歌詞大意是「描述在河裡悠游的鱒魚」（第一節）、「漁夫想釣魚、因河水過於清澈而失敗」（第二節）、「敘述者感嘆漁夫弄濁了河水、逮到鱒魚」（第三節）。原詩還有後續，「男人就會利用手段欺騙女人，年輕的女孩要小心」，不過舒伯特在譜曲時，把近似訓誡的第四節刪去了。

第三節戲劇化地描述鱒魚被整隻釣起、充滿不安的情景。最後的「然後我非常生氣，眼睜睜看著鱒魚掉入陷阱」部分的音樂情緒，與其說敘述者感到生氣，更像是村上春樹的常用台詞——「要命」。

小夜子低哼是在傳達「你只是一直盯著我看，但為何你一開始不對我說呢？」的訊息。對此淳平草草回應「要命」，小夜子抱著難以言喻的強烈不滿；我們可以將前述當成小夜子的激怒。

若要讓我選一張黑膠作品，那就是表現可圈可點的博斯崔吉版了。唯有他才能夠在不破壞原來的知識分子氛圍下、傳達最終的「要命」感。

昇華之夜

Verklärte Nacht

作曲家

荀白克 Schönberg

指揮

祖賓・梅塔
Zubin Mehta

樂團

洛杉磯愛樂樂團
Los Angeles Philharmonic

收錄專輯

《昇華之夜／室內交響曲／期待／六首歌》（Verklarte Nacht / Chamber Sym / Erwartung / 6 Songs）
一九六七

登場作品

《世界末日與冷酷異境》

《世界末日與冷酷異境》中，有一幕是將在二十四小時內失去意識的「我」，在唱片行挑選死亡之旅時在Carina 1800 GT Twin-Corn Turbo（豐田的一款房車）上聽的音樂：，強尼・馬賽斯（Johnny Mathis）、巴布・狄倫、肯尼・布瑞爾（Kenny Burrell）的專輯之外，還有平諾克（Trevor Pinnock）指揮的《布蘭登堡協奏曲》與梅塔指揮的〈昇華之夜〉，可說是「大雜燴般的組合」。在這裡雖然象徵著故事發展的是巴布・狄倫，但擔任配角的兩首古典樂曲也隱藏著獨特的氛圍。

巴哈的《布蘭登堡協奏曲》是在車上剪指甲時聽的。剪指甲搭配俐落輕快的平諾克與巴哈，簡直像電影場景一般。然而圖書館女子到達約定的地方，說她常聽的是李希特演奏的版本，也提到李希特與卡薩爾斯（Pablo Casals）版本雖然很棒，但剪指甲的話不會有平諾克以外的選擇。但荀白克的〈昇華之夜〉在小說中並沒有實際聆聽的場景。買是買了卻沒有聽，為什麼呢？

儘管荀白克後來走向開拓現代音樂的道路，但這首〈昇華之夜〉風格還未進展到那般前衛，那樣熟成的、幾乎是要液態化的浪漫主義（這是它的特徵）。原作是戴默爾（Richard Dehmel）的詩，描述一對年輕男女漫步在夜晚的森林中。女子向男子坦承自己已經懷孕，但並不是對方的孩子。男子決定就算這樣也沒關係，會當作自己的孩子扶養。把這代換到小說主角的心境，到底是對諦念與淨化的憧憬，還是自身與影子的關係呢？不過，這張梅塔版本始終激烈地表現執著的情念與懸疑，像是要否定淨化那般的悲劇調性支配著音樂。我覺得「我」沒有聽到這首樂曲是件好事，帶著憂鬱陰影的終段感覺會毀了一切。

鋼琴三重奏第七號《大公》

Piano Trio Op.97,'Archduke'

作曲家

貝多芬 Beethoven

鋼琴

雅沙・海飛茲
Jascha Heifetz
艾曼紐・費爾曼
Emanuel Feuermann
亞瑟・魯賓斯坦
Artur Rubinstein

收錄專輯

《貝多芬：鋼琴三重奏第七號，舒伯特：鋼琴三重奏第一號》（Beethoven: Piano Trio Op. 97, Schubert: Piano Trio Op.99）
一九四一

登場作品

《海邊的卡夫卡》

充滿各式各樣文學記號的《海邊的卡夫卡》，描寫的雖然是一個苦悶的世界，但文體並不太過凝重。雖然又是兩個相通相連的異世界、必須解開施加在主角身上詛咒這樣「村上世界」的標準設定，但村上依然相當用心；這裡出現的音樂，甚至有種不能不拿來跟《伊底帕斯王》《雨月物語》等名作一起解讀的感覺。

卡車司機星野青年，在四國的咖啡廳中聽到貝多芬的鋼琴三重奏。深受感動的星野向咖啡廳主人詢問，對方懇切仔細地為他解說了這首曲子：沒那麼通曉人情世故的貝多芬，將此首作品獻給他的庇護者、幫助他的魯道夫大公，諸如此類的內容。

在日常生活中，特地對一個陌生人說明魯道夫大公感覺很奇特，或許也是在暗示貝多芬是中田的伏筆？再者，以鋼琴三重奏的性質來看，貝多芬的這部作品從一開始就沒有要追求和諧，我猜想是否是藉由各個演奏家個性的碰撞磨合、與最後流露出的和諧，藉與作品的世界重疊？這些細節都讓我非常在意。極度縝密又運用大量隱喻的《海邊的卡夫卡》，其中的音樂是村上作品中我覺得最不單純（只當作背景）的，哪怕這些樂曲名也時常被提起。

貝多芬的鋼琴三重奏中，第七號《大公》的規模最大也最優雅。星野青年在咖啡廳聽到的是俗稱「百萬三重奏」的演奏，是戰前巨匠們無視和諧、盡情競爭、盡情放肆的演奏版本；這樣奔放的音樂是設定來動搖星野青年的嗎？

另外，大島喜愛的是將音樂組合置於主軸、富有整體感的蘇克三重奏（Suk Trio）版本——這樣說起來，其實剛好是對照組呢。

玫瑰騎士

Der Rosenkavalier

作曲家

理查・史特勞斯
Richard Strauss

指揮

蕭提
Sir Georg Solti

樂團

維也納愛樂管弦樂團
Vienna Philharmonic

女高音

克莉絲萍 Régine Crespin
明頓 Yvonne Minton

收錄專輯

《玫瑰騎士》
（Der Rosenkavalier）
一九六八—六九

登場作品

《刺殺騎士團長》

儘管《刺殺騎士團長》是以莫札特的歌劇《唐喬凡尼》（Don Giovanni）為主題寫成的作品，但若提到其中最讓人印象深刻的音樂，則要屬理查・史特勞斯的《玫瑰騎士》，初登場是「我」幫「免色」畫肖像畫時，免色想要播蕭提指揮的《玫瑰騎士》專輯作為被畫時的背景音樂。此後，「我」更加頻繁地聽這張專輯。再者是作曲家史特勞斯的創作意念與畫家「我」——甚至是村上春樹——產生共鳴（到目前為止的作品中，沒有哪部曾如此詳細地描寫細節）。

然而，蕭提指揮、維也納愛樂演奏的〈玫瑰騎士〉，卻不能說非常受到支持者的好評。集結了包括克莉絲萍、明頓等知名女高音，甚至眾配角也都是實力派的演唱家，唱片公司必是花了相當大心力去準備這張專輯，最終成品卻處處藏了卡拉揚（Herbert von Karajan）及克萊巴父子（Erich Kleiber, Carlos Kleiber）的影子。

要說理由的話，實是蕭提在指揮這部歌劇時太過活潑，並不適合歌曲原本應該要散發出來的典雅。雖然精心安排成可以清楚聽見各種音色的卓越聽覺享受，但聽起來一點都不性感；高潮的三重唱部分也如華格納（Wilhelm Richard Wagner）風格般華麗，卻感受不到作品的主題：「虛幻」。實在是讓人驚訝的性冷感呀！但是每當這部〈玫瑰騎士〉登場，作者必會提起「蕭提」這個名字（簡直是要說出「不接受其他版本！」的感覺）。在音樂潮流向無調性音樂奔去的時代，承襲莫札特風格而寫就的便是〈玫瑰騎士〉。藉由與過去同化，將逝去時代的美好與豐富交流轉而描寫成鄉愁。不過，機能性地演奏管弦樂的蕭提指揮版本，倒也巧妙地乾淨而積極，給我一種好似「免色」式的感覺正飄盪其中的印象。

直笛奏鳴曲

Recorder Sonatas

作曲家

韓德爾 Handel

長笛

漢斯·馬丁·林德
Hans-Martin Linde

大鍵琴

古斯塔夫·雷翁哈特
Gustav Leonhardt

古提琴

奧古斯特·溫辛格
August Wenzinger

收錄專輯

《直笛奏鳴曲作品集》
（Handel: Sonatas for Recorder）
一九六九

登場作品

《一九七三年的彈珠玩具》

韓德爾為英國王室寫出許多精彩作品，直笛奏鳴曲也是寫給安妮公主等王室成員上課用的；對照複雜的通奏低音部，相對簡單的直笛部清脆明亮。《一九七三年的彈珠玩具》裡，這張唱片是與前女友的回憶，卻出現在與現任女友（雙胞胎）一起聽的場景；穿插著炒菜聲，直白的直笛樂音與複雜心境的對比讓人印象深刻。

林德演奏的直笛，按部就班的同時顯得抒情。即便由穩重的組合進行演奏，也會偏向現今韓德爾的主流表現方式——尖銳強烈、情緒高亢；然而經由大鍵琴的雷翁哈特及古提琴的溫辛格巧手，風格則相對安閒。

076

第二十三、二十四號鋼琴協奏曲

Piano Concerto No.23 & 24

作曲家

莫札特 Mozart

鋼琴 **羅伯特・卡薩德修**

Robert Casadesus

指揮 **喬治・塞爾**

George Szell

樂團

哥倫比亞交響樂團

Columbia Symphony Orchestra

克里夫蘭管弦樂團

The Cleveland Orchestra

收錄專輯

《鋼琴協奏曲選集》

(Mozart: Piano Concertos)

一九五九、一九六一

登場作品

《挪威的森林》

《世界末日與冷酷異境》

在村上作品中，有兩部作品出現過聽羅伯特・卡薩德修彈奏的莫札特鋼琴協奏曲唱片的描寫。

一是《世界末日與冷酷異境》的第九章，「我」在等圖書館「資料查詢台的女孩」那一段；女孩遲遲沒有出現，「我」聽完鋼琴協奏曲第二十三號及第二十四號的第二首，邊想著「莫札特的音樂還是聽舊的錄音，比較能觸動心弦」。另一處是在《挪威的森林》，「我」與打工認識的伊東在他家吃柳葉魚時。「我」相當在意「綠」，之後馬上打了電話給她。

這兩首鋼琴協奏曲是由長調與長調頻繁地相互交替、帶著莫札特獨有風格且變化多端的作品。儘管近期的演奏經常大膽地表現這種變化，但卡薩德修版本反而是延續了先前的氣氛，將感情持續堆疊上去，就像在暗示登場人物的心情一般。

第一號鋼琴協奏曲

Piano Concerto No.1

作曲家

李斯特 Liszt

鋼琴 **瑪莎・阿格麗希**

Martha Argerich

指揮 **克勞迪奧・阿巴多**

Claudio Abbado

樂團

倫敦交響樂團

London Symphony Orchestra

收錄專輯

《蕭邦：第一號琴協奏曲，
李斯特：第一號琴協奏曲》
（Chopin: Piano Concerto No.1,
Liszt: Piano Concerto No.1）
一九六八

登場作品

《國境之南、太陽之西》
《人造衛星情人》

一首由史上最負盛名的鋼琴家創作、華麗技巧令人瞠目結舌的協奏曲；在《國境之南、太陽之西》，「我」第一次聽到，是小時候在島本家裡，後來也與她一起去聽過現場演奏；《人造衛星情人》裡，小堇與妙妙一起去聽的演奏會也演出了這首曲子。《國境之南、太陽之西》中，「這首飄忽不定的曲子愈聽愈在『我』心中捲起好幾次抽象的漩渦」，應該是象徵如幽靈一般突然出現又消失的島本。

由阿格麗希演奏的版本，在這兩部小說中同時有著暗示與明示的意味。這是她首次的鋼琴協奏曲錄音，表現得活力充沛、光彩眩目，而如動物般敏銳的表現力，讓這首給人慵懶印象的曲子，進而統合成強烈的意志。

小提琴協奏曲

Violin Concerto

作曲家

西貝流士 Sibelius

小提琴

大衛・歐伊斯特拉夫
David Oistrakh

指揮

尤金・奧曼第
Eugene Ormandy

樂團

費城管弦樂團
Philadelphia Orchestra

收錄專輯

《西貝流士第二號交響曲＆小提琴協奏曲》（Sibelius: Symphony 2/ Violin Concerto）
一九五九

登場作品

《1Q84》

這是一首由名小提琴家西貝流士作曲、緻密又充滿浪漫主義色彩的小提琴協奏曲。在《1Q84》第三冊中，泡澡的牛河用收音機聽這首樂曲。在這首曲子中，西貝流士所追求的是所有樂器彼此交融成新面貌，並跳脫一直以來像在獨奏中展現個人技藝的風格。到第二冊為止都還是用來解說故事情節的角色：牛河，在這個瞬間成為創造作品世界的重要人物；這首西貝流士的鋼琴協奏曲也可以說是象徵從現實到異世界旅行；特別是歐伊斯特拉夫伶俐又堅穩、尖銳又和緩的雄渾演出，溫婉地呈現了牛河的性格。

由歐伊斯特拉夫演奏的西貝流士有好幾個錄音版本，但我想最適合村上春樹作品世界觀的應該是奧曼第指揮、費城管弦樂團的演奏吧。

第二號鋼琴協奏曲

Piano Concerto No.2

作曲家

布拉姆斯 Brahms

鋼琴

威廉・巴克豪斯
Wilhelm Backhaus

指揮

卡爾・貝姆 Karl Böhm

樂團

維也納交響樂團
Vienna Philharmonic Orchestra

收錄專輯

《布拉姆斯：第二號鋼琴協奏曲，莫札特：第二十七號鋼琴協奏曲》（Brahms: Piano Concerto No.2, Mozart: Piano Concerto No.27），一九六七

登場作品

《挪威的森林》

《挪威的森林》中，主角「我」到療養院與直子共度兩人時光後，一同回到促成這次密會的玲子等待之處。這時的玲子正跟著收音機播出的音樂——這首布拉姆斯作品第三樂章行板的開頭旋律——吹口哨。樂曲意外地適合小說中的這段場景。「我」在直子的引導下射精，接著聽她說起姊姊自殺的事，度過只有兩人的時間。此後，再沒有如此能描寫到「我」心坎裡的音樂了。

最初的大提琴旋律充溢著慈愛，之後的管弦樂及鋼琴獨奏延續著情感。即便偶或激情，整體來說依然是不可思議的平靜從容。來到中段時，開頭旋律再次出現，但並非原來的調性，而是改為升 F 小調演奏，在這無心的陰暗處也浮現了死亡的影子。

080

雨中庭

Jardins sous la Pluie

作曲家

德布西 Debussy

鋼琴

阿爾多・契可里尼
Aldo Ciccolini

收錄專輯

《版畫／映像》
(Debussy: Estampes / Images)
一九九一

登場作品

《挪威的森林》
※ 只出現作曲家名

《挪威的森林》書名儘管是來自披頭四的名曲，但執筆當下，作家腦中構思的完全是別首歌曲：德布西的〈雨中庭〉。收錄在樹立印象派風格《版畫》的第三首，〈雨中庭〉是運用了大量分散和弦的纖細作品。樂曲引用了兩首法國童謠：〈搖籃曲〉(Dodo l' enfant do) 及〈再也不到森林去了〉(Nous n' irons plus au bois)，《挪威的森林》便是聯結了後者的「森林」。

雖然主題是雨，不過樂曲感覺不太到濕氣。如果是日本作曲家武滿徹的話，就會變成濕氣相當重的音樂，這就變成作家大江健三郎而不是村上春樹了。[11]與之劃清界線的乾爽，才是村上春樹追求的小說世界吧。只是作家的妻子在看過小說草稿後駁回了德布西，改採現行的書名。而契可里尼讓人感到冷冽易碎的氛圍，跟這部小說相當契合。

11 武滿的著名音樂作品〈雨樹〉咸信受到大江健三郎〈雨木〉的影響，大江之後又受到〈雨樹〉的影響，寫出短篇〈聽雨樹的女人們〉，故有此一說。

Chapter 5

爵士樂
當聲音響起
就會發生什麼

ジャズ～
音が響くと何かが起こる

Air Mail Special

樂手
班尼．古德曼
Benny Goodman
收錄專輯
《班尼．古德曼六重奏》
（Benny Goodman Sextet）
一九四一

登場作品
《尋羊冒險記》

身為富二代的放蕩少爺，卻用大半輩子發掘了不可勝數的明星——從比莉．哈樂黛（Billie Holiday）、艾瑞莎．富蘭克林（Aretha Franklin）到布魯斯．史賓斯汀！——製作人約翰．哈蒙德（John Hammond）對查理．克里斯汀（Charlie Christian）的才華一見傾心，強拉著他介紹給當時已是樂團成員的班尼．古德曼；克里斯汀並在即興演奏中技壓群雄、直接加入樂團。

突然間就變成新興獨奏者一員的查理．克里斯汀在參與大團活動的同時，也在紐約哈林區的地下俱樂部「明頓」（Minton's Playhouse）夜夜演奏即興爵士，其中更對所謂「咆勃爵士樂」（Bebop）即興風格演奏的成形有著莫大的貢獻。用八〇年代的日本歌曲來比喻的話，就是突然躍上並成為歌唱節目《十大歌曲》的常客、節目收工後又每晚在新宿KOMA劇場附近的迪斯可當DJ，播放最新的浩室音樂到凌晨……這樣比喻可以明白嗎？要說最後會成為業界領導人物也不奇怪的克里斯汀，在唱片發行不到兩年後便因肺結核撒手人寰——稱他是「現代爵士吉他之父」還過於年輕——享年二十五歲（一說是二十二歲）。

待在大公司、主流業界的時期，他留下與班尼・古德曼樂團的一連串錄音，到現在還是爵士吉他獨奏的範本，是學習者的必備教材。那是音樂媒介還是七八轉唱片的年代，雖然在錄音室的獨奏收音時間被限制成「三分鐘藝術」的即興演出，但不如說正因為如此，收音成品有著壓縮的可愛魅力。〈Air Mail Special〉正是這樣的古德曼／克里斯汀代表作。那個時期的作品，最近被編製成《班尼・古德曼六重奏》專輯發行，希望大家可以聽聽看。

《尋羊冒險記》接近尾聲時，主角從收納雜物的房間裡拿出一把舊吉他練習這首曲子。由簡單的重複段突然轉為克里斯汀獨奏處，確實有著不用多加思索就想跟著彈奏的明亮清新音線。

隨著戰爭逼近，雖然美國主流音樂仍有技術上的限制，但當時哥倫比亞大學的學生將錄音器材（據說是可以直接刻紋在空白黑膠上的裝置）帶進明頓俱樂部裡的演出場地，留下了讓克里斯汀可以不用在意收音時間限制、彈到高興為止的演奏紀錄；在煙霧縈繞的明頓俱樂部，觀眾的聲音也毫不客氣地收進來。

地下俱樂部的現場錄音因為突然加入了一段即興（原曲應是〈Topsy〉），就順理成章地取名為〈Swing to Bop〉，這個錄音版本的克里斯汀的獨奏，比起錄音室演奏版本有更豐富的律動感。現場搏鬥氣氛相當明顯，之後就能搶先感受到「咆勃」的競爭意味。

與查理・帕克（Charlie Parker）的競演沒有留下紀錄真是非常、非常地可惜，就像《一九七三年的彈珠玩具》裡，主角在彈珠玩具墳場吹口哨那樣，初期的村上春樹小說中，只要故事情節出現「音樂」，大多時候就會有什麼決定性的事情要發生；在《尋羊冒險記》裡也是，〈Air Mail Special〉的吉他演奏一停，小說中唯一的暴力場面就登場了。

Waltz for Debby

樂手

比爾・伊文斯
Bill Evans

收錄專輯

《給黛比的華爾滋》
（Waltz for Debby）
一九六一

登場作品

《挪威的森林》

村上春樹的經典作品《挪威的森林》中，有一部分是過去的短篇作品組合，譬如第二章與第三章主要是來自一九八三年一月發表的《螢火蟲》。村上在《挪威的森林》中，再三審視之前傾向著重於最低限度、極簡地描寫情節的作品，再加上大量的成人鏡頭、「要命」成分居多的設定，集大成為初期作品總結的長篇，最終成功雪恥。這樣寫看起來可能像是在揶揄，不過實際上我認為《挪威的森林》是村上春樹長篇中最獨樹一格、是非常精彩的小說。

開頭處，飛機降低高度離開「厚厚的雨雲」，背景音樂是「不知道哪個交響樂團演奏的」，也就是說不是披頭四版的〈挪威的森林〉。聽著這首歌的「三十七歲」的我陷入強烈的混亂深淵。讓他迷失於當下的垂直運動在《世界末日與冷酷異境》中雖然是以「電梯」的形式導入，但在此水平擴散的「草原」，還有被當成空無一物的「井」所道出「渡邊」與「直子」的關係，我認為皆是因著主題論而隨即出現的巧妙前奏。況且這裡還是有音樂存在：以各種形式變奏、反覆的音樂被當成緩衝，使他們自身的獨角戲對話成立。如同蠟燭那微弱的火焰般，在對話進行之間音樂被點亮，引起因儀式對象的缺席在開頭帶出的混亂——小說的題辭「獻給許多的節日」——或許也可以這麼想。

〈Waltz for Debby〉是主角與直子初次上床的那一天，在共進晚餐時，黑膠唱盤上迴轉的其中一首音樂。直子在那天出奇地聊了很多。

「我剛開始還適度地搭腔漫應著，但不久也停下來了。我放唱片來聽，一張播完後拾起唱針再放下一張。全部播放過一遍之後，又從第一張開始放。唱片總共只有六張，循環順序最初是《花椒軍曹與寂寞芳心俱樂部》（Sgt. Pepper's Lonely Hearts Club Band），最後是比爾・伊文斯（Bill Evans）的《給黛比的華爾滋》（Waltz for Debby）。窗外繼續下著雨。時間慢慢流逝，直子一個人繼續說著。」

《給黛比的華爾滋》專輯是一九六一年比爾・伊文斯三重奏在紐約爵士酒吧前鋒村俱樂部（Village Vanguard）演出的現場錄音。這場公演收錄成兩張專輯，比爾・伊文斯的鋼琴、史考特・拉法羅（Scott Lafaro）的貝斯，與保羅・莫頓（Paul Motian）的鼓的組合，帶給後世音樂家對「鋼琴三重奏」規範的壓倒性影響；尤其是透過史考特・拉法羅可說天衣無縫的活躍貝斯，全員皆在有限時間內展現出自身才華，交織出的三重奏節奏感真的很精彩。不過，史考特・拉法羅在這場公演結束後大約兩週，在巡演行程中死於交通事故，享年僅二十五歲。

消失的人與消逝的人穿插在話語與沉默中，就是《挪威的森林》裡的「許多的節日」。唱片機上迴轉的唱片就是支撐著節日的代表裝置。村上作品中對音樂的處理方式，在這之後漸漸走向不同的風格。

The Star Crossed Lovers

樂手
艾靈頓公爵
Duke Ellington

收錄專輯
《甜蜜雷霆》
（Such Sweet Thunder）
一九五七

登場作品
《國境之南、太陽之西》

這是我在《國境之南、太陽之西》出版後不久，從家附近那個常去的二手唱片行店員那裡聽來的；某天起，突然連續來了好幾位客人邊看著小筆記邊詢問：「那個、我在找一位叫做艾靈頓公爵的人的專輯，想要裡面有〈惡星情人〉這首歌的那一張。」（而且都是女性客人。可能是在唱片行不曾見過的那種大美女……↑好吧這是妄想。）就像村上自己寫的那樣，即使艾靈頓擁有眾多名曲，這首歌也完全不能說是廣為人知。首先專輯名《甜蜜雷霆》可能店員就沒什麼印象；再者當時似乎在日本國內甚至連CD都未發行（！）所以店員也不知道該從何找起，只能演變成一邊搔頭、一邊向客人道歉的場面。再過了一陣子才理解「哎呀！原來是因為在《國境之南、太陽之西》裡出現了！村上大叔呀～！」這首歌總是讓我想起在網路時代崛起之前（我是指九〇年代前半的事），有過這樣的一小段淳樸插曲。

由於這首歌屬於組曲之一，店員記不得好像也無可厚非。《甜蜜雷霆》是艾靈頓採「純正艾靈頓作風」建構起來的莎士比亞世界，意即無朗讀、無歌唱、無嘉賓的奇特專輯，而〈惡星情人〉的靈感則來自《羅密歐與茱麗葉》。跨越整片星空（那樣遙遠）的戀人，在日本來說就是彥星與織姬[12]吧；在《國境之南、太陽之西》裡，這首歌與由納京高（Nat King Cole）演唱（實際上並沒有）的〈國境之南〉，被放在整篇故事的中心。

主角「我」是個成功經營爵士酒吧的年輕實業家，在自家的店雇用了能彈出自己喜愛音符的鋼琴三重奏，並且讓對方盡情發揮自己中意（可說是狂熱）的曲子，這對「我」來說肯定是個樂趣。

對於艾靈頓，若以「**極爲個人角度**」來限定，村上春樹曾這樣說過：「我喜歡的艾靈頓公爵，是在一九三九年後半至四〇年代前半，既不太『難解』、也不太狂野，愉快而洗練的艾靈頓。尤其是吉米・布蘭頓（Jimmy Blanton）加入樂團前後的東西最好。」[13]我也這麼認為。在RCA[14]時代由吉米・布蘭頓彈奏貝斯、班・韋伯斯特（Ben Webster）吹奏次中音薩克斯風（Tenor saxophone）的艾靈頓樂曲，現在被集結為三CD組的《布蘭頓—韋伯斯特樂隊》（The Blanton–Webster Band）。這三張CD說是二十世紀美國音樂的無價至寶也不為過，很適合剛開始聽艾靈頓的朋友，推薦有興趣的人請一定要購入聽聽看。

另外，組曲類的話，必聽的是當時只壓製成一張唱片、獻給伊莉莎白女王的《女王組曲》（The Queen's Suite）——在艾靈頓逝世之前未曾商業發行，在歌迷當中屬於傳說中的唱片，有幸聆聽過的人無不沉醉在其優雅當中。由艾靈頓與查爾斯・明格斯（Charles Mingus）以及麥斯・羅區（Max Roach）組成的鋼琴三重奏專輯

《金錢叢林》(Money Jungle)也是誇張地棒……就像這樣，若真要從艾靈頓的作品中挑出一首來，村上曾如此形容「簡直就像面對萬里長城的蠻族一樣，難免被壓倒性的無力感所襲擊吧？」[15]但是這座長城，是值得你用一生時間好好遊歷感受的世界。尚未啟程壯遊的人，現在出發一點也不遲，身為二十世紀最偉大藝術的艾靈頓音樂，希望在二十一世紀也可以幸運地被更多人聆聽！

12 日本的牛郎與織女。

13 出自《爵士群像》。

14 唱片公司廠牌。

15 同樣出自《爵士群像》。

My Favorite Things

樂手

約翰・柯川
John Coltrane

收錄專輯

《我最愛的事》
（My Favorite Things）
一九六〇

登場作品

《海邊的卡夫卡》

次中音薩克斯風巨匠——約翰・柯川，從一九六〇年首次錄製〈My Favorite Things〉、直到一九六七年他四十歲去世為止（寫到這裡可以發現，這個時期的爵士樂界人才相繼殞落的程度有多嚴重）曾多次現場演出這首曲子。〈My Favorite Things〉是知名搭檔理查・羅傑斯（Richard Rodgers）與奧斯卡・漢默斯坦二世（Oscar Hammerstein II）於一九五九年推出的音樂劇《真善美》（The Sound of Music）中的小華爾滋。這部音樂劇改拍成電影在全球賣座是一九六五年的事，也就是說這首歌在躍上主流、一舉成名很久之前，就已經流傳一段時間了。

劇中，孩子們夜裡被打雷閃電嚇得睡不著，主角家庭教師將自己喜歡的東西一字排開，一邊唱著這首歌，像唱搖籃曲那樣地安撫孩子。場景是在歐洲，那正是法西斯政權即將併吞奧地利的緊迫時代，理查・羅傑斯寫出《南太平洋》（South Pacific）《國王與我》（The King and I）等發生在美國以外國家為背景的音樂劇歌曲，堪稱作曲界的天才。《真善美》中，除了〈My Favorite Things〉以外，還有聽起來不管怎麼樣都像傳統奧地利民謠的〈小白花〉（Edelweiss）（！）以及僅此一首便足以歷史留名的〈Do-Re-Mi〉（!!）天才作品連發，有這對搭檔在的每一處都精彩絕倫。

不過，這首〈My Favorite Things〉在柯川自己的四重奏裡，原本的華爾滋四分之三拍被細分一倍，轉變為四拍及三拍的節奏同時複節奏，甚至消去和弦進行，將和聲構造還原為簡單模式及鋼琴重複段，創造出得以快速飛過無數小節線的演奏方式；也就是說，將奧地利的民謠小品拽往非洲複節奏音樂的演奏方式。

將紐約成長的猶太裔美國人虛構的維也納華爾滋、組成非裔美國人以薩克斯風、鼓、鋼琴、貝斯等演奏的非洲音樂——雖然光是寫出這段文字就夠讓人頭昏腦脹，但在這個反差中存蓄的高壓電量相當驚人。這首曲子在每次演出時總會被悠長地、激烈地、無法暫停地拆解，結果就是收錄一九六六年日本公演的四張CD組專輯中，有一整張都是〈My Favorite Things〉。

儘管如此，演奏還是沒結束！因為柯川這種恣意妄為的力量，正是讓六〇年代的爵士往極端奔去的契機。非常希望讀者們務必要聆聽比較〈My Favorite Things〉的各種版本，親自體驗六〇年代約翰・柯川留下的足跡。

《海邊的卡夫卡》並沒有明講聽的是柯川哪個時期的〈My Favorite Things〉，也沒讓它擔任什麼重大角色——《海邊的卡夫卡》小說書名由來，我想還是為了即將要讀這本書的讀者賣個關子好了。說真的，我在知道原因之後非常吃驚。希望大家可以一邊聽著柯川在音樂中層遞交迭的文化混沌，再來閱讀《海邊的卡夫卡》。

A Gal in Calico

樂手
邁爾士·戴維斯
Miles Davis

收錄專輯
《邁爾斯的沉思》
(The Musings of Miles)
一九五五

登場作品
《聽風的歌》

重新閱讀村上的出道小說《聽風的歌》後，會注意到章與章之間有相當複雜的時間、空間移動。以二十一歲暑假的三個禮拜為基礎，代表（架空的）遙遠過去及距離的戴立克·哈德費爾[16]，從離基礎不遠的十八歲到二十一歲的過去，再到八年後的現在……主角浮游於好幾層的時間之間，如此拒絕明確地著陸，與環繞各個事件的停滯感，也是這部小說的魅力之一。

〈A Gal in Calico〉收錄在《邁爾斯的沉思》專輯，主角「我」在唱片行的櫃檯向「九指女孩」說了曲名，請她尋找收錄這首歌的庫存專輯。以四重奏組成形式錄製的這張專輯是邁爾士・戴維斯偏冷門的作品，若不是相當了解的人可能不會很熟悉其中的曲目。邁爾士演奏的這首曲子也只收錄在這張專輯中。「九指女孩」雖然「多花了些時間」，但帶回了正確的唱片。

說到故事設定的舞台，正是七〇年代的夏季（八月）、邁爾士正處在因電子聲響引發話題的《Bitches Brew》時期。在這個時間點請店員找尋五〇年代的《邁爾斯的沉思》可說是相當挑剔；再說《聽風的歌》寫成的七〇年代後半，邁爾士已引退、並待在家裡一段時間，沒有出現在音樂舞台上。小說的關鍵歌曲——海灘男孩的〈California Girls〉——在於表達與已無法追回的「西海岸音樂」全盛時期之間的距離；可說音樂之於初期的村上小說，是為了成立情節結構而精挑細選的存在。

16　村上春樹虛構的小說家。

Jumpin' with Symphony Sid

樂手
史坦・蓋茲
Stan Getz

收錄專輯
《轃聞村現場》
（Jazz at Storyville）
一九五一

登場作品
《一九七三年的彈珠玩具》

村上春樹的第二部單行本《一九七三年的彈珠玩具》，死亡與寂寥的存在感就算與《聽風的歌》相比，只是更為深刻。一開始就以「他們簡直就像往一口枯井裡投石子一樣」「一定是在某個地方，啃著橡樹子，然後漸漸死滅了吧」「下雨天，司機都可能看漏的那種悽涼的小站」「身體像要分裂成幾個不同部分似的」「後腳一直被鐵絲夾住，老鼠在第四天早晨死去」等等，頻繁出現接續死亡世界的比喻或情節。看了最初幾頁勉強算是現實主義的描寫，可以說照這個狀態下去的話，大概就是一本環繞「死亡」的寓言了。實際上，主角在之後加入尋找丟失的彈珠玩具機台的奧菲斯之旅[17]，最終來到並排著古老彈珠玩具機台的倉庫裡，與「她」對話。就這麼擺著機台不玩，而回歸現實。

史坦·蓋茲的〈Jumpin' with Symphony Sid〉是他在做日常工作——翻譯時——常聽的歌，在倉庫（為保有自我而獨自一人）時也吹口哨哼著。「一無阻攔的空曠冷凍倉庫裡，口哨亮麗優雅地吹響著，我心情稍微好轉，又吹了下面的四小節，然後又四小節。好像所有的東西都豎起耳朵來聽似的，當然誰也沒有搖頭或踏腳」。

將白人薩克斯風演奏巨星史坦·蓋茲的這首輕快的爵士樂以每四小節為單位分段、確認音符的同時用口哨吹響，我認為是一首適合聯繫自己與現實世界的曲子；明亮輕快的音韻迴響在彈珠玩具機台墳場的光景，是這本小說的高潮。

17 希臘神話中，藝術女神之子奧菲斯曾前往冥府尋找逝去的妻子。

On a Slow Boat to China

樂手

桑尼・羅林斯
Sonny Rollins

收錄專輯

《桑尼・羅林斯與現代爵士四重奏》
（Sonny Rollins with the Modern Jazz Quartet）
一九五一

登場作品

〈開往中國的慢船〉
（《開往中國的慢船》）

〈On a Slow Boat to China〉是法蘭克・洛瑟（Frank Loesser）的作品，在現代爵士樂迷間他也以〈If I Were a Bell〉〈Let's Get Lost〉等樂曲而聞名，村上春樹則以它的標題作為首部短篇集的書名。雖然許多音樂家都演奏過它，最經典的還是一九五一年由桑尼・羅林斯發行的版本。背景是肯尼・德魯（Kenny Drew）輕快的鋼琴聲，時年二十一歲、正意氣風發的羅林斯不論在主題或即興部分皆表現得怡然自得。

那是正值日本軍事占領終結的年代。羅林斯的演奏也廣受之後的「爵士樂」（咆勃［Bebop］）樂手所喜愛。將當時錄在ＳＰ唱片的這首單曲重複聽到磨損、默默記起整首樂曲的一段小插曲，也記錄在即興演奏專輯《紀念守安祥太郎[18]／莫坎博[19]現場・一九五四》（メモリアル守安祥太郎／幻のモカンボ・セッション，54）的相關原稿中。

事實上，集合了當時現代派樂手的這場即興演出（聽說鼻肇以鼓藝駕馭全場，而植木等在門口收門票[20]）中也表演了這首曲子，而宮澤昭[21]的演出也確實如羅林斯一般精湛。

短篇〈開往中國的慢船〉說的是在九歲、十九歲、二十八歲時，分別與華僑友人們擦身而過的主角，描述與中國之間無法縮短距離的「慢悠悠的船」。從美國的舊金山出發到中國上海的海上船程，在戰後需要花多久時間呢？村上春樹在本書上市後沒多久，實際上便漸漸成為這類頻繁往海外移動、同時一邊寫作新書的作家了。

村上春樹一〇〇曲

Chapter 5

18 Shotaro Moriyasu（一九二四—一九五五），日本爵士鋼琴演奏家。為一九五〇年代早期至中期、日本首屈一指的咆勃爵士樂樂手，但從未正式錄製過唱片。三十一歲時自殺。

19 Mocambo，橫濱的爵士俱樂部。

20 鼻肇（一九三〇—一九九三，ハナ肇），日本演員，也是搞笑爵士樂隊（comic jazz band）The Crazy Cats的團長，植木等（一九二六—二〇〇七）也是團員之一，亦為演員、喜劇演員、歌手和吉他手。

21 Akira Miyazawa（一九二七—二〇〇〇），日本重要的爵士薩克斯風演奏家、單簧管演奏家和長笛演奏家。少年時期的他在第二次世界大戰期間加入日本軍樂隊，並在戰後開始其爵士音樂事業。

Night and Day

樂手
法蘭克・辛納屈
Frank Sinatra
收錄專輯
《千禧珍藏精選輯》
(Classic Sinatra)
一九五六

登場作品
〈跳舞的小矮人〉
(《螢火蟲》)

在初期短篇集《螢火蟲》22中的〈跳舞的小矮人〉裡，夢中出現的小矮人挑的唱片之一就有辛納屈的〈Night and Day〉。儘管並沒有寫出細節，但肯定是國會唱片(Capitol Records)時代的大師尼爾森・瑞德(Nelson Riddle)編曲的搖擺風格作品。「不管夜晚還是白天，只想著妳……」是辛納屈所演唱最美好的作品之一。

村上春樹有時會寫出像〈跳舞的小矮人〉般的作品，若以小說形式論來思考名字的話，取什麼會比較適合呢？在夢中出現善舞的小矮人、在革命後的工廠製作大象的「我」、革命前的謠言、女子、為了追求女子讓小矮人教跳舞的「我」，以及成功與女子在一起後突然出現的這番描述：

「那時，她的臉發生了變化。她的鼻孔爬出來一條白色肥肥的蛆，一條前所未見巨大的蛆。她的鼻腔爬出一條又一條蛆，一陣反胃的死臭包住我的全身。蛆從她的嘴唇滾落喉嚨，順著她的眼睛潛入頭髮。她的鼻子皮膚翻開，黏黏的肉屑擴散四周，留下兩道烏黑的孔穴任由蛆群爬進爬出。」

雖然最後知曉了這場突變是小矮人幹的好事，不過在此之前，「小矮人」「大象工廠」「我」的生活至小說本身，都是寓言的手法；到了這裡，鏡頭卻突然拉近，極盡詳細地描寫。不知道是從一開始就想這麼進行，或是寓言中突發事件……之後的長篇會怎麼處理這種交錯混雜的存在，想想也滿有意思的。

22 日文書名為《螢・燒穀倉・其他短篇》（螢・納屋を焼く・その他の短編）。

089

Vendôme

樂手

現代爵士四重奏

Modern Jazz Quartet

收錄專輯

《凡登廣場》

（Place Vendôme）

一九六六

登場作品

《世界末日與冷酷異境》

MJQ是Modern Jazz Quartet的縮寫，為音樂總監暨鋼琴手約翰・路易斯（John Lewis）、樂團首席暨電鐵琴（Vibraphone）手米特・傑克森（Milt Jackson）、貝斯手波西・希斯（Percy Heath）、首代鼓手肯尼・克拉克（Kenny Clarke）及二代鼓手康尼・凱（Connie Kay）四人組成的奇妙樂團，四位團員始終以同樣的樂風演奏激動的五〇年代到八〇年代。約翰・路易斯原本彈奏巴哈，對歐洲室內樂的愛好與米特・傑克森那如扭開水龍頭般滔湧而至、充滿情感的演奏互相牽引；對於這種絕妙的平衡感，村上春樹在《爵士群像2》裡如此寫道：「另外三個人雖然很確實地維持設定好的整合聲音，但擔任鐵琴手的米特・傑克森卻在獨奏到一半時，已無法忍受這種正式的風格，一下子突然把西裝外套脫下來丟掉，領帶也扯下來——當然這是比喻上的意味——自己不慌不忙地開始搖擺起來。不過雖然如此，其他三個人還一副『與我無關』的樣子，依然淡淡地（或許不是這樣，不過至少表面上像是這樣）無表情地繼續保持MJQ式的節奏。想做的事做過之後，傑克森又若無其事般冷靜地再度穿上西裝外套，打上領帶。這樣反覆做著。」

上面的表達非常精準。雖然MJQ的現場演出的確就是這個樣子，不過在錄音室作品中，全面導入合唱的《凡登廣場》（小說裡的〈Vendôme〉若是此張收錄的重新編曲版本會很好玩）、以假面即興喜劇為靈感的《The Comedy》（只唱一首的黛安．卡洛〔Diahann Carroll〕也很猛），還有竟然是由披頭四蘋果唱片所發行的《Space》等等，奇人約翰・路易斯爆發性的、風格迥異的專輯非常多，請一定要聽聽看。

I'll Remember April

樂手

厄羅・加納
Erroll Garner

收錄專輯

《海邊音樂會》
（Concert by The Sea）
一九五五

登場作品

〈嘔吐一九七九〉
（《迴轉木馬的終端》）
〈泰國〉
（《神的孩子都在跳舞》）

《迴轉木馬的終端》是宣稱在寫作時收集了從友人處聽來的故事，以「根據原則與事實」「把我所聽到的，盡量不破壞原有氣氛地反映在文章裡」「為了要寫長篇小說，預先暖身」寫成的短篇集。儘管如此，在裡頭可以讀到的東西怎麼看都像是村上寫出來的，所以不妨就當作一部普通的短篇小說集。

「聽別人的事情聽得愈多，而且透過這些事情，窺視人們的生活愈多，我們愈會被一種無力感所捕捉。所謂沉澱就是有關那種無力感。『我們哪兒也去不了』

則是這無力感的本質。」他在〈前言〉這樣寫道。在這裡提到的「哪兒也去不了」「無力感」，在「（把我所聽到的）盡量照事實的原樣整理起來」的報導作品《地下鐵事件》之後，村上在小說裡會以怎樣的形式表現，想必很有意思。

在村上的作品之一〈嘔吐一九七九〉中，因原因不明的惡作劇電話與嘔吐症狀而一直感到煩惱的朋友，在一切突然好轉的那天，聽厄羅・加納的三重奏現場專輯，《海邊音樂會》裡的第一首歌就是〈I'll Remember April〉。朋友是「接近中間派的後期唱片」的發燒友，這番描述對於像厄羅・加納這種與眾不同的鋼琴家來說倒是滿貼切的。在他的個人即興時間，由左手展開的重複樂章，在現代聽來依然新鮮。就像傑森・摩倫（Jason Moran）發掘了胖子華勒（Fats Waller），在這時期的演奏也有新世代可以參考的東西。這張專輯也在〈泰國〉（《神的孩子都在跳舞》）裡登場，擔任不可或缺的角色。

Stardust

樂手
霍奇・卡麥可
Hoagy Carmichael
收錄專輯
《First of the Singer Songwriters》
一九二七

登場作品
《舞・舞・舞》

霍奇・卡麥可不是爵士人。他是創作歌手（雖然當時還沒出現這個詞）的開山始祖；〈Stardust〉〈Georgia on My Mind〉〈The Nearness of You〉等名作皆出自他之手，要說的話是比爵士樂更寬廣、被充滿大眾音樂的世界所愛戴的音樂家。因為大多是在酒吧裡搭著調酒與鋼琴的曲子，在《舞・舞・舞》裡的飯店酒吧演奏是再適合不過了。

五〇年代開始，他也活躍於電影電視圈。霍華・霍克斯（Howard Hawks）導演的電影《逃亡》（To Have and Have Not）最後一幕，亨佛萊・鮑嘉（Humphrey Bogart）、洛琳・白考兒（Lauren Bacall）、華德・白利南（Walter Brennan）三人各自退場的酒吧場景裡，突然衝到鋼琴旁彈起搖滾鋼琴曲的就是霍奇・卡麥可。在這部電影中，〈Hong Kong Blues〉（在日本因細野晴臣翻唱而聞名）確實也有登場。倘若要更享受他的音樂，相當推薦在近期發行、集結了戰前音源的《First of the Singer Songwriters》的平價四CD組，不只收錄很多他本人的歌曲，也可以比較與不同樂團演出版本的〈Lazybones〉，相當有趣。胖子華勒參與的〈Two Sleepy People〉可是絕品。

Singin the Blues

樂手

畢克斯・比德貝克
Bix Beiderbecke

收錄專輯

《Singin the Blues》
一九二七

登場作品

《一九七三年的彈珠玩具》
《爵士群像》

村上春樹曾在七〇年代經營一間專門播放五〇年代爵士樂的爵士咖啡廳「Peter Cat」，「在那個年代做那樣的事，堅持自己的想法」，村上在與爵士評論家小野好惠的對談中這樣描述這件事。雖說已逐漸走向下坡，但那個時代的爵士樂依然擁有前衛的動能及自我更新能力；而像這樣大力讚賞過去的音樂，也可說是反骨的表現。他也提到，從以前在水道橋的爵士咖啡廳「SWING」的打工經驗來看，比起現代爵士樂，他更熱愛更之前的老爵士。

「這家店專門放傳統爵士樂，完全忽略Bop即興爵士之後的爵士樂，是一家很特別的店。連查理・帕克或巴德・鮑歐（Bud Powell）都不行。／那是約翰・柯川與艾瑞克・杜菲（Eric Dolphy）被視為絕對神聖的時代。一般顧客當然不會進來這種店。可說這家店彷彿是靠一些誓言忠誠的死忠顧客在勉強支撐。」（《爵士群像》）。

村上在這家店感受到現代爵士之前的爵士樂魅力，其中令他最為著迷的是一位二十八歲即英年早逝（又一個！）的畢克斯・比德貝克。由村上與和田誠合作、收錄爵士人的插畫與隨筆的《爵士群像》，文庫本封面就是他。「聽過畢克斯音樂的人，第一次很可能會感覺『這音樂不討好任何人』吧」，村上這麼描述畢克斯；裡頭提到的樂曲也是最能濃縮他才能的個人獨唱傑作。活躍於美國一九二〇年代的畢克斯，我覺得與近年村上所寫的故事非常契合，希望大家可以結合畢克斯的音樂，讓閱讀感更相輔相成。

All God's Chillun Got Rhythm

樂手

克里夫・布朗
Clifford Brown

收錄專輯

《The Best of Max Roach and Clifford Brown in Concert!》
一九五四

登場作品

〈神的孩子都在跳舞〉
（《神的孩子都在跳舞》）

深受阪神淡路大地震影響而寫成的連作短篇集《神的孩子都在跳舞》，書名來自在一九三七年這個微妙時間點爆紅的歌曲名。自一九二九年的華爾街股災引發美國首次泡沫經濟期約十年時間，由於羅斯福推行新政（New Deal）得當，經濟終於開始有復甦的跡象；這時的美國一邊盯著法西斯主義的動向，一邊隨著狂熱搖擺樂跳著舞（直到戰爭爆發前的數年間）。「爵士樂」這種骯髒的、隨著密西西比河溯流而上的異國樂音，從被視為不景氣城市中「給白人中產階級跳舞用的音樂」，轉而成為美國首次擁有的，屬於自己的「音樂」。同年由馬克斯兄弟（Marx Brothers）製作的電影《賽馬場的一天》（A Day at the Races）中，可以見到黑人音樂家們隨著這首歌（還是艾薇．安德森〔Ivy Anderson〕的演唱！）盛大起舞的姿態。是的，「神的孩子」基本上指的就是黑人。

進入現代爵士樂時期後，因為這首歌又誕生了兩場著名演出：克里夫．布朗和麥斯．羅區的團體現場演奏，與巴德鮑歐三人組的演奏。欣賞過他們充滿歡愉的演出及隨著音樂跳起林迪舞（Lindy Hop）的樣子後，想請大家比較一下〈神的孩子都在跳舞〉中「善也」在廢棄棒球場投手丘上所跳的舞蹈。

以「想寫出與眾不同的小說」的小說家淳平的雄心壯志做為結尾的這部短篇集，被許多評論家評為是村上春樹事業上的轉捩點。的確，開頭短篇〈UFO降落在釧路〉的主角被誘惑上床、正想開始卻因為沒辦法勃起而無法完事；從這樣出現在村上小說中會讓人感覺驚訝的事態，可說體現出村上小說的轉變。可以想成大概是從這個時期起，村上小說便開始進入更年期了。

Barbados

樂手
湯米・佛萊納根
Tommy Flanagan
收錄專輯
《Montreux '77》
一九七七

登場作品
〈偶然的旅人〉
（《東京奇譚集》）

村上春樹在其作品〈偶然的旅人〉（收錄在《東京奇譚集》中）開場提到以下「事件」。他去看湯米・佛萊納根三人組的現場演出，但希望聽到的〈The Star-Crossed Lovers〉與〈Barbados〉遲遲未出現；沒想到在演出最後，兩首歌竟然合在一起登場了。

收錄了這兩首歌的湯米・佛萊納根專輯是《Montreux '77》，剛好發行於村上經營爵士吧的時期。我猜他在自己的店裡也很常聽這張專輯（以新唱片來說算是特例）。像這樣，因為有過個人喜好直接與現實生活中發生的事連結的經驗，村上春樹才會感到「也許真的有爵士樂的神也不一定啊」並留下文字。

〈The Star-Crossed Lovers〉已在別的篇章介紹過，這裡就只談〈Barbados〉。與桑尼・羅林斯的〈Sonnymoon for Two〉一樣，這首歌也是藍調，但是一聽就能感受到主題旋律的組成很複雜。「大鳥」查理・帕克創作大量主題複雜的藍調作品，大幅提升了爵士樂手們的技巧：〈Blues for Alice〉〈Bird Feathers〉〈Relaxin' at Camarillo〉〈Billie's Bounce〉〈Mohawk〉……每一首皆為現代爵士的經典，旋律裡充滿「大鳥」的知性與詼諧。至今依然神秘、被稱為「咆勃爵士」的特異音樂精髓，也集中在「大鳥」的藍調主題裡。

Just Friends

樂手

查理・帕克
Charlie Parker

收錄專輯

《弦樂相伴》
(Charlie Parker with Strings)
一九四九

登場作品

《一九七三年的彈珠玩具》

這首是《一九七三年的彈珠玩具》裡，從事翻譯的「我」在工作時會聽的歌之一（其他還有〈Jumpin' with Symphony Sid〉等）。身為現代爵士之父，一生跌宕的查理・帕克在後期（雖然他在三十五歲時就英年早逝）的錄音，也相當地「弦樂相伴」。

對那個世代的爵士樂手們來說，仍覺得加入弦樂就等於好萊塢／古典樂那樣的交響風格，而且這麼想的人並不在少數，包括查理・帕克也不討厭這樣的作法。特別是這首〈Just Friends〉如閃著波光一般的前奏即興，在他的演奏中也算是最棒的段落之一。

捨棄咆勃／原創爵士樂，特地選擇將這首特別的曲子寫入小說中，真不愧是爵士酒吧老闆的音樂品味。

Honeysuckle Rose

樂手
塞隆尼斯・孟克
Thelonious Monk
收錄專輯
《獨一無二》
（The Unique Thelonious Monk）
一九五六

登場作品
《挪威的森林》

爵士樂手大約分為兩種，一種是自己不作曲，收集現有經典來演出的，代表人物是查特・貝克（Chet Baker）與史坦・蓋茲。這類爵士人大抵主要活躍於現代爵士樂壇——不過偶爾也有固執地將自己的原創放進固定曲目的人，塞隆尼斯・孟克就完全屬於這一類。

孟克每次登台大概都會有一次獨奏，比方說在休息時間前輕快地來首像〈Just a Gigolo〉或〈Everything Happens to Me〉這樣的懷舊短曲。這些場景都記錄在孟克的現場演奏專輯中，而它們也真的很棒。

〈Honeysuckle Rose〉亦是孟克喜愛的「小品」之一。《獨一無二》專輯收錄的全是以他的基本技巧——跨步鋼琴（Stride Piano）詮釋的樂曲，可以盡情享受孟克奇妙地斜偏的獨特鋼琴和聲。

Say It

樂手
約翰・柯川
John Coltrane
收錄專輯
《爵士情歌》（Ballad）
一九六一—六二

登場作品
《舞・舞・舞》
※ 只出現專輯名

夜晚、酒吧、開始說故事的旁白，就像固定拿來給這種廉價電視劇場景專用的背景音樂，約翰・柯川的《爵士情歌》被採用的次數恐怕是世上數一數二多的。其中的第一首〈Say It〉，不管是誰，只要聽了就會一邊點頭一邊想「啊啊、原來是這首」，然後才發現原來是約翰・柯川的這張專輯。

在《舞・舞・舞》裡，從電台傳來的、或是被回想的流行樂大量「垃圾」中，我想這張專輯的音樂應該占了一個例外的位置。代表六〇年代激情與嚴肅的音樂家柯川，他的《爵士情歌》可能一臉不悅地夾在八〇年代音樂與泡泡糖流行樂之間、在「我」的車裡迴響著。

I Can't Get Started

樂手

爵士交響樂團
JATP

收錄專輯

《Lester Young At JATP》
一九六五

登場作品

〈泰國〉
（《神的孩子都在跳舞》）

爵士交響樂團的英文全名是Jazz at the Philharmonic，是音樂製作人諾曼・葛蘭茲（Norman Granz）在戰時及戰後推行的「不跳舞，只聽獨奏」為企劃主要概念的、一系列演唱會的名稱。很多表演者都是搖擺樂時期的巨星，請想像這些已經過了全盛時期但還不至於過氣的老鳥們齊聚一堂、在各處音樂廳演出的樣子。來到日本演出時，於日本劇場舉行的公演也留下了錄音記錄。

在日本，被稱為「中間派」（出自大橋巨泉）的音樂人們，很大一部分也是企劃這個演出的ＪＡＰＴ葛蘭茲所喜愛的音樂家；這些雖然不是最前衛，但有著自己獨特品味的音樂人們，也深受村上喜愛。小說中出現的〈I Can't Get Started〉，霍華・麥克吉（Howard McGhee）與李斯特・楊深沉純熟的演奏版本十分有魅力。

099

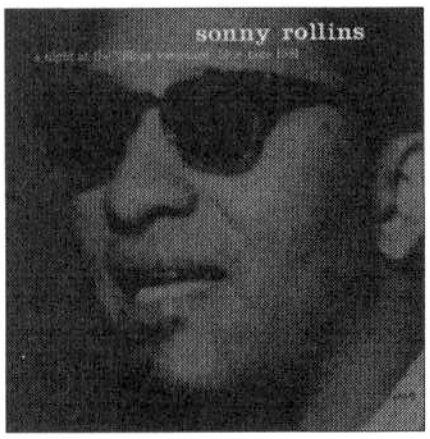

Sonnymoon for Two

樂手

桑尼・羅林斯
Sonny Rollins

收錄專輯

《前鋒村俱樂部之夜》
（A Night at the Village Vanguard）
一九五七

登場作品

《黑夜之後》

這是桑尼・羅林斯的一首小調藍調，主題相當簡單，由於幾乎只是重複同樣的旋律，是一首恰好適合新手練習的曲目。爵士的即興演奏經常是由一群首次一同演出的音樂家共同進行，所以很多時候會從十二小節一循環、結構簡單的藍調樂曲開始。

話雖如此，因為結構簡單所以可以做很多變化，比方說羅林斯的現場演奏專輯《前鋒村俱樂部之夜》裡，艾爾文・瓊斯（Elvin Jones）鼓點逐漸散發熱度、變得激急猛烈，在與羅林斯一起演奏的四小節中炸裂的場景等，真確地使人感受到爵士的韻味。

《黑夜之後》裡的即興演奏，不知道是怎樣的一場演出呢？

'Round Midnight

樂手

塞隆尼斯・孟克
Thelonious Monk

收錄專輯

《現代音樂天才 Vol.1》（Genius of Modern Music: Volume 1）
一九五一

登場作品

《沒有色彩的多崎作和他的巡禮之年》

出自塞隆尼斯・孟克的著名抒情曲。雖然因為和收錄了邁爾士・戴維斯五重奏樂團決定性演出的專輯同名、一躍成為當紅樂曲，不過孟克的經典曲目通常明暗猶如大理石花紋一般、曲調機械卻又充滿詼諧感。相較之下，這首顯然從頭到尾走一個沉重陰暗路線的曲子堪稱例外。在村上的作品《沒有色彩的多崎作和他的巡禮之年》第五章中，灰田父親在溫泉旅館遇到的「綠川」，在中學的音樂教室裡彈奏走音的直立式鋼琴；只為了一個聽者——若是為了自我與另一個自己而演奏的話，這首曲子可說相當合適。獨奏版在《孟克本人》（Thelonious Himself）以及《鋼琴獨奏》（Piano Solo）中均有收錄，大家可以聽聽看。

後記

座談會：《1Q84》之後的村上春樹與音樂

從海灘男孩到古典樂

大和田：雖然以前我並沒有參與到，不過本書的部分作者曾在座談會（收錄於《用音樂解讀村上春樹》）中討論村上作品中是如何處理音樂的。中上健次雖然有點隨意，但是對村上春樹初期音樂的描述倒是很到位。

栗　原：那時候的最新作品是《1Q84》。在那之後出版了長篇作品《沒有色彩的多崎作和他的巡禮之年》及《刺殺騎士團長》、短篇集《沒有女人的男人們》，但是對音樂的處理方式並沒有太大的改變。雖然說在《刺殺騎士團長》中，除了主題曲的古典樂外，也有出現熟悉的名字，像是布魯斯・史賓斯汀、披頭四、海灘男孩、巴布・狄倫、門戶樂團等……

鈴　木：但是這樣的處理方式已經可以說是比談「汽車」還少了吧。

大和田：基本上跟初期相比的話，音樂登場的次數一直在減少呢。

栗　原：近年幾乎全是古典樂，主題性地大量採用。

鈴　木：透過古典樂點出大主題，而沒考慮到細節也因此充滿古典樂，而不像以前那樣多元的感覺。與小澤征爾的對談集結而成的ＣＤ《在《和小澤征爾先生談音樂》裡聽的古典樂》的介紹中也提到「在與小澤先生對談中學到最重要的一件事，是『要聽音樂，就得要享受音樂本身才行』」，我覺得在這方面的想法轉變，似乎也反映在最近的作品中。

栗　原：音樂與作品內容有很大關聯性的手法，《海邊的卡夫卡》大概是最後一部了吧。

鈴　木：《海邊的卡夫卡》裡音樂用得太過度，反而覺得厭煩。

藤　井：還做了原創歌曲。

大和田：反過來說，在初期盡情使用跟音樂有關的詞彙已經變成一種風格了。大概到《舞・舞・舞》為止是這樣。

栗　原：這可以說是村上春樹的特徵，作品主題背景總是有海灘男孩、門戶樂團、巴布・狄倫、披頭四等等不是嗎？那是為了在七〇年代繼續生存、而將六〇年代的價值觀置於前方。這個六〇年代價值觀以《舞・舞・舞》收尾並轉換到了古典樂，以古典樂為主要音樂的做法在《海邊的卡夫卡》中也是運用得很徹底，給我的印象是這樣。

鈴　木：嗯，這要看作者讓作品與音樂保持的距離。以主題來說是連結在一起沒錯，但就算不用音樂也能說故事，不是嗎？就像《刺殺騎士團長》，〈唐喬凡尼〉也幾乎沒有出現。雖然出現在標題中，但是並沒有聽該樂曲的場景。

藤井：雖然沒什麼反映在作品中，但看起來並不是村上春樹本人完全沒有在聽近期的流行樂或搖滾樂。

栗原：像 Wilco 等一直在聽的樂團也有好幾個。

藤井：美國另類搖滾是滿常在聽的。

作為時代希望的大眾流行樂

栗原：不過基本上我還是覺得，他果然是爵士跟古典樂派，對流行樂與搖滾樂的興趣到七〇年代為止就結束了。之前《Casa BRUTUS》做了黑膠特集〈好音樂的房間〉，刊載了村上春樹家裡的黑膠收藏和音響設備；〈外傳〉也公開在網站上，村上春樹說了有關黑膠尋寶的事，表現得非常狂熱。他不管是去到世界哪個地方，都會到中古唱片行報到。在推特上也看到過、說是有個黑膠唱片活動在京都的立誠小學舉辦，當天一大早，村上春樹去到現場、抽走有價值的唱片後便像一陣風般地消失了（笑）。當然也有看見他在DISK UNION的消息。

大和田：基本上他就是個收藏家。到海外旅遊的時候，聽說也只是一直去黑膠唱片行，不會去觀光名勝。

大　谷：對黑膠狂熱者來說那很普遍吧。依壓製唱片的國家不同、出來的聲音也會不一樣什麼的，像這樣的執著五花八門。同樣是披頭四的黑膠唱片，狂熱者可是會說在印度刻壓的黑膠，西塔琴的音色聽起來不一樣呢（笑）。

大和田：收集的全都是爵士樂與古典樂吧。

大　谷：具體來說、考慮到在小說中登場的話，古典樂感覺比較棘手。字數不管怎麼樣都會很長吧。不只作曲者、曲名，不一併寫上指揮、樂團等等的話是不行的。

鈴　木：寫太長的話看起來就不酷了（笑）。

大　谷：所以，最近都是用像「舒伯特的一首叫〇〇的曲子」這樣的寫法，與其說是主題曲，更像是用整體印象歌曲的形式。

栗　原：指揮家與演奏者也常常被拿來比較。最一開始的《聽風的歌》也是，貝多芬的第三號鋼琴協奏曲是由伯恩斯坦指揮、格倫・顧爾德演奏比較好，還是由卡爾・貝姆（Karl Böhm）指揮、威廉・巴克豪斯演奏比較好呢？是有過這樣子的對話。

鈴　木：一邊踏進自己研究甚深的領域，一邊也表現出小說的方向性。

大　谷：《聽風的歌》裡，古典、爵士、流行樂都非常用心地挑選使用，呈現洗練的一面。我覺得音樂的使用方法直到《挪威的森林》為止都表現得很棒（笑）。在那之後就感覺得出來，是否音樂不再是重要的元素了？若要用流行樂的話，就會特意去使用那個時代的憧憬或是消費重點。而古典樂已儼然被當作是與時代感脫離的、非消費性的角色；也可能在這層意義上變得比較常於小說中登場。

被當作物品的音樂

大和田：在本文中我也有寫到，調查了說是「〇〇年的暢銷曲」之後，才發現不過是小有人氣罷了。即便同一年有名的歌曲數量非常多，還是會故意選上排名在二十左右的曲子。並非「正統」歷史，而是就像每個人都可以對號入座般地、任誰都能在此放入對自己來說充滿回憶的歌曲，是這樣地在精挑細選。

藤　井：最近的作品，這樣的細心感覺已蕩然無存呢。雖然門戶樂團的〈Alabama Song〉有出現在《刺殺騎士團長》裡，卻給我一種「歌詞跟小說內容合得起來那就用一下吧！」的隨便感。

栗　原：八〇年代的流行樂從以前開始就一直只有被隨便用用的命運（笑）。

鈴　木：就算是用得很隨便，但會過度解讀的讀者也變多了，因此說不定反而是在利用這一點。大家最近都明白了對吧，就像本文裡有提到的「芝華士威士忌問題」一樣。

栗　原：村上春樹真的很喜歡芝華士威士忌（笑）。可能是對芝華士的認識還停留在高級酒的程度吧。舉例來說，就小說作品來看，雪瑞兒·可洛在《刺殺騎士團長》首次出現，隨筆中卻提到了好幾次。照理說應該是非常重要的人物才對，處理方法還是令人感到相當隨意，感覺不到什麼必然性。八〇年代以後的音樂基本上只是被提起曲名，就被當成物品這樣罷了。

大　谷：這樣的話就變成像中上健次那樣的文學家了，希望他可以反省一下。這已經接近了他初期時否定的那種「文學」。

栗　原：對於音樂家的隨便對待是始終如一的。像對杜蘭杜蘭就很過分，對阿巴（ABBA）也是。

大和田：對胡立歐也是啊（笑）。從作品裡也看得出來，用得很隨便那就沒關係吧。中上健次是認真的，不過是認真地錯了（笑）。

栗　原：讓我想到、要說到這一點，《海邊的卡夫卡》主角卡夫卡少年常聽的是電台司令及王子，這和一直以來的村上春樹好像有些不一樣。電台司令可以理解。二〇〇〇年左右聽湯姆・約克（Thom Yorke）的十五歲少年非常合理。但是會去聽王子嗎？

藤　井：國中生在圖書館剛好看到就借回家的話，是會意外接觸到。但依然感受不到需要特地放在小說裡的必然性。

大　谷：因為是放在按「P・Q・R」字母排序的架上是吧（笑）。圖書館的話是這樣的排列方式沒錯。

鈴　木：但沒什麼歷史關聯呢。在圖書館的世界，所有作品看起來都是平面的。

大　谷：蔦屋這樣的書店也是。

栗　原：村上春樹也已經七〇歲了。無法像聽狄倫或是門戶樂團那樣地去聽 Wilco

或是雪瑞兒・可洛了。

大和田：沒錯。想像一下，換成是自己七〇歲時，還能夠聽像 Wilco 那樣的樂團嗎（笑）？這樣想的話，村上春樹已經很厲害了。

栗　原：說到巴布・狄倫，在他得到諾貝爾文學獎的時候，怎麼都沒有人去訪問村上春樹的感想呢？或是去問了但被拒絕呢？

大和田：好難問出口（笑）。

大　谷：應該要去問的。海外媒體的話感覺會去問才對。

栗　原：海外媒體去問的話，他應該就會回答呢。

黑膠收藏家村上春樹

栗　原：《1Q84》出版的時候，不是被說了「這什麼東西」之類有的沒的評論？但是在《沒有色彩的多崎作和他的巡禮之年》出版後，變成

「《1Q84》好多了吧」，再來《刺殺騎士團長》發行之後，大家又變成「《1Q84》簡直太棒了」的論調（笑）。村上春樹的長篇結構一直是一樣的，所以寫得好不好反而是一目了然也說不定。若讀過與川上未映子的對談集《貓頭鷹在黃昏飛翔》（みみずくは黄昏に飛びたつ），會發現村上春樹本人也有一直在重複做同樣事情的自覺呢。

大和田：重複做同樣的事情若是發生在喜歡音樂、喜歡流行樂的話也不錯吧。我不覺得做同樣的事情一定就是壞事。

鈴　木：我一開始也看不懂《沒有色彩的多崎作和他的巡禮之年》是什麼意思。但正因為有李斯特的音樂，兩個世界得以平行並若即若離，這樣的世界觀才得以確立。

大　谷：因為有李斯特的後援，小說才能成立。那便是雙重印象也能讀得下去。

藤　井：村上春樹在《給我搖擺，其餘免談》的布魯斯・史賓斯汀那部分，對於史賓斯汀的原點——勞動階級的鬱暗人生，以「缺乏色彩」一詞形容。

《沒有色彩的多崎作和他的巡禮之年》也許就像是村上春樹式的那種、描述勞動階級閉塞感的小說，我曾這樣去深度解讀它。

大　谷：似乎有變回近代文學的感覺。切割與流行樂的關聯性，就會變成這樣吧。

栗　原：時代意識雖然還是交給流行樂與搖滾樂，但訴說著六〇年代的價值觀在八〇年代崩壞之後寫了《舞．舞．舞》，這樣在最初四部作品中探討的問題就此告一個段落。從此之後，古典樂便開始出現在作品前面的段落；但即使如此音樂與時代的聯繫也不復存在。作品與時代的聯繫也愈顯單薄。

大和田：村上春樹使用古典樂的方法，是當下流行的古典音樂分類嗎？還是跟著時代在走？

鈴　木：完全沒有追求當下的流行。是與時代性完全沒有關係的處理方法。

大　谷：身為爵士酒吧的老闆，不會大剌剌地聽古典樂的。所以村上春樹開始認真聽古典樂、我想應該是九〇年代以後的事。當然如顧爾德那類，是作為一個普通樂迷一直有在聽的。不管是興趣還是作品，古典樂的比重都愈來愈重，也是因為這樣吧。

鈴　木：大概是從《發條鳥年代記》開始的。

大　谷：《國境之南、太陽之西》時，古典樂的感覺還沒有這麼明顯。

栗　原：從《發條鳥年代記》開始的呢。切割掉八〇年代以後的流行樂，古典樂的比重一口氣上升不少。

大和田：當爵士樂的潮流往自由爵士奔去之際，村上春樹聽的還是史坦・蓋茲與帕西・費斯樂團等等。從這個訊息可以看出他的反叛精神，對吧。古典樂會不會也是這樣？

鈴　木：以古典樂來說，使用的大多都是在黑膠唱片年代就發行的樂曲。數位發行的音樂則是幾乎沒有出現。

大　谷：我倒是想，會不會是因為在中古黑膠店想買的作品愈變愈少，因此開啟了新的音樂分類、改成收集古典樂的黑膠唱片呢（笑）。對黑膠愛好者來說，目光漸漸移去隔壁架上也是常有的事。

年齡與音樂

栗　原：村上春樹在出道當時是給人在文化風俗方面最前衛的作家，但其實在興趣方面是個保守又懷舊的人；這個特色到後來就很清楚了。《刺殺騎士團長》裡依舊聽著史賓斯汀的《河流》，這點沒什麼異議，但是村上春樹竟讓主角的「我」說出這樣的台詞──「那並不是適合用CD連續聽的專輯」，強調這張專輯就應該是要用黑膠正反面輪流反覆聆聽。《刺殺騎士團長》的時間設定是二〇〇五年左右，「我」是三十六歲、大概是一九七〇年生。《河流》發行於一九八〇年，「我」那時才十歲而已。

藤　井：如果沒有相對成熟的成長環境，首先年齡上來說，懷念《河流》這種話是沒辦法說出口的。

栗　原：大概從《沒有色彩的多崎作和他的巡禮之年》開始，主角的年齡就慢慢地遠離自己的世代。但基本上身為作者分身的設定並沒有改變，興趣也一樣。這就造成了時空扭曲。

大和田：感覺差不多要被校對者指正了吧。書中在聽的音樂很奇怪哦、之類的。

大　谷：要說這種錯誤的話，一定得提到納京高的〈國境之南〉。實際上並沒有唱這首歌。

大和田：還有，《挪威的森林》中玲子彈了幾首巴克瑞克曲目的那一段。最後彈的是〈Wedding Bell Blues〉，但這首歌並不是巴克瑞克的，而是蘿拉・尼諾。這是天大的錯誤。校對者不可能沒發現。

栗　原：《國境之南、太陽之西》和《挪威的森林》都是講談社啊。講談社的話說不定是真的看漏了（笑）。

大和田：我想也許是雖然有指正出來，但也許是有過「就照原來這樣進行」之類的對話吧。

大谷：納京高的事，我想校對者也沒注意到。說不定只是沒有音源、但在電視或廣播中播放過。還有，《海邊的卡夫卡》之後，常常出現說教或訓話的人物對吧。

鈴木：像是在大島的車上討論舒伯特之類的。

栗原：在《1Q84》裡出現的、天吾炮友的那個有夫之婦，不是對爵士樂很了解嗎。還在床上被說是哪個爵士吧的老頭（笑）。

大谷：色慾與說教同時進行。這自然是滿有趣的（笑）。

栗原：在提到音樂時，變得會藉由不是要角的登場人物訴說自己的音樂觀。比如在《海邊的卡夫卡》裡，就讓出現沒多久的咖啡廳老闆提到〈大公三重奏〉。

大谷：這是初老症吧，才這麼想說教。

栗原：例如在《舞．舞．舞》中，五反田描述的海灘男孩也是村上春樹的海灘男孩。這是因為五反田是村上春樹分身「我」的另一個面向，所以是成立的。但是有夫之婦或是咖啡廳主人跟作者什麼關係也沒有。與《刺殺騎士團長》一樣的扭曲問題也在這裡出現了。

主題曲選擇與用字聽起來的效果

栗原：最近作品中，音樂用的最好的果然還是《1Q84》。對〈Sinfonietta〉應該很入迷吧。

大谷：專心致志在「以音樂為主題暗示世界觀後再次整理」的這件事上吧。

栗原：這個做法是從《發條鳥年代記》開始的。〈鵲賊篇〉〈預言鳥篇〉〈刺鳥人篇〉的副書名就是。

鈴木：特地放到書名上，是想讓人察覺到對吧？《刺殺騎士團長》也是這樣。

栗原：古典樂感覺上是原來就喜歡聽，所以才用上的。比方〈唐喬凡尼〉。

鈴　木：我覺得就只是想把〈唐喬凡尼〉用在小說主題上而已。

栗　原：說教系的只用了從以前就喜愛的曲子呢，像是舒伯特、〈大公三重奏〉等；但是這樣的樂曲不會用在小說主題上。

大和田：要用來當小說主題的話，可以想成是重視名稱用字聽起來的感覺。取名叫《刺殺騎士團長》聽起來不是很有趣嗎？〈鵲賊篇〉也是一樣。名稱聽起來響亮；我認為他也看重片假名印刷後的感覺之類的。

大　谷：用上「理型論」以及「隱喻」等字眼，也不是真的取自柏拉圖，而是倚重該字眼所聽起來的效果。嗯——也可能是取自榮格（Jung）。

栗　原：與川上未映子的對談中，因為覺得說到理型論就會提到柏拉圖，川上未映子還專門做了準備，結果村上春樹卻說了一句「是這樣嗎？」便開始裝傻，「我不知道」等云云。騙誰啊（笑）。

大和田：「高牆與雞蛋」的用字聽起來也很村上春樹。

大　谷：像這樣一口氣讀完出道作、再到最新作品，一併思索的話，果然《聽風的歌》還是音樂選用得最好的一本小說。

栗　原：現在想來，《聽風的歌》的確在村上春樹作品中屬於異類。不只限於音樂的運用，小說結構也是。但是講了這麼多，結論居然是這個（笑）。

300 座談會：《1Q84》之後的
301 村上春樹與音樂

附錄

村上春樹作品
登場音樂全紀錄

村上春樹の小説

全音楽リスト

收錄專輯	發行年份	登場頁數
（講談社文庫、第 41 刷）		
		28
		46
		46
		46
		49-50
今日 Today	1970	51, 53
科斯莫的工廠 Cosmo's Factory	1970	53
盛夏日子（還有夏夜！） Summer Days (And Summer Nights!!)	1965	57, 59-60 62, 68, 150
第三號鋼琴協奏曲 Piano Concerto No. 3 In C Minor	1959	62 66
第三・四號鋼琴協奏曲 Piano Concerto No. 3, 4 In C Minor	1950	62
邁爾斯的沈思 The Musings Of Miles	1955	63
哈啵時尚第四輯 Harpers Bizarre 4（推測）	1969	64
		67
納許維爾的天空 Nashville Skyline	1969	70
		89
		90
脂粉拳王 - 女孩！女孩！女孩！ KID Galahad - Girls! Girls! Girls!	1962	92
站起來！ Stand!	1969	95
既視感 Déjà vu	1970	95
想飛的天空 Spirit In The Sky	1969	95
我愛你 I Love You	1969	95
在風中 In The Wind	1963	110
		116
好聽抒情曲集 Something For Everybody	1962	144
（講談社文庫、第 20 刷）		
		7
		7
成年禮 Rick Is 21	1961	16
金唱片選 Golden Greats	1960	17
奇幻之旅 Magical Mystery Tour	1967	32
搖滾椅淑女 The Rockin' Chair Lady	1941	53
斯特利維爾的爵士樂 Jazz At Storyville	1951	74, 151

歌手／樂團／樂手	古典音樂家／樂曲名
聽風的歌	
	莫札特 Mozart
強尼・哈樂戴 Johnny Hallyday	
薩爾瓦多・阿達莫 Salvatore Adamo	
米榭・波納雷夫 Michel Polnareff	
	米老鼠進行曲 Mickey Mouse March（米老鼠俱樂部的歌曲）
布魯克・班頓 Brook Benton	喬治亞的雨夜 Rainy Night In Georgia
清水樂團 Creedence Clearwater Revival	誰能讓雨停止 Who'll Stop The Rain
海灘男孩 The Beach Boys	加州女孩 California Girls
李奧納德・伯恩斯坦 Leonard Bernstein 指揮／ 格倫顧・爾德 Glenn Gould 鋼琴	貝多芬 Beethoven ／ 第三號鋼琴協奏曲 Piano Concerto No. 3 In C Minor
卡爾・貝姆 Karl Böhm 指揮、鋼琴／ 威廉・巴克豪斯 Wilhelm Backhaus 鋼琴	貝多芬 Beethoven ／ 第三號鋼琴協奏曲 Piano Concerto No. 3 In C Minor
邁爾士・戴維斯 Miles Davis	穿白衣的女孩 A Gal In Calico
哈啵時尚 Harpers Bizarre	
海灘男孩 The Beach Boys	
巴布・狄倫 Bob Dylan	
現代爵士四重奏 Modern Jazz Quartet	
馬文・蓋 Marvin Gaye	
貓王 Elvis Presley	查無此人 Return To Sender
史萊與史東家族 Sly & The Family Stone	普通人 Everyday People
克羅斯比、史提爾斯、納許與尼爾揚 Crosby, Stills, Nash & Young	烏茲塔克 Woodstock
諾曼・格林巴姆 Norman Greenbaum	想飛的天空 Spirit In The Sky
艾迪・霍曼 Eddie Holman	寂寞女孩 Hey There Lonely Girl
彼得、保羅和瑪麗 Peter, Paul And Mary	別再多想，一切會好 Don't Think Twice, It's All Right
阿農齊奧・曼托瓦尼 Annunzio Paolo Mantovani	義大利民謠
貓王 Elvis Presley	幸運符 Good Luck Charm
一九七三年的彈珠玩具	
	韋瓦第 Vivaldi ／調和之幻想 Concerto No. 6 In A Minor For Solo Violin (RV 356): I. Allegro
	海頓 Haydn G ／小調鋼琴鳴奏曲 Piano Sonata No.32 in G Minor, Hob XVI.44
瑞奇・尼爾森 Ricky Nelson	你好，瑪莉露 Hello Mary Lou
鮑比・維 Bobby Vee	橡皮球 Rubber Ball
披頭四 The Beatles	潘尼巷 Penny Lane
米爾德瑞・貝莉 Mildred Bailey	這裡平靜美好 It's So Peaceful In The Country
史坦・蓋茲 Stan Getz	與 Symphony Sid 一起跳 Jumpin' With Symphony Sid

收錄專輯	發行年份	登場頁數
弦樂相伴 Charlie Parker With Strings	1949	75
		76
橡皮靈魂 Rubber Soul	1965	78
		81
		90
流浪者之光 A Tramp Shining	1968	91
		102
		106
		110
		119
		119
		119
		119
		119
		119
		131
		131
		131
（講談社文庫、上集第 46 刷．下集第 44 刷）		
		12
		12, 128
		12
		12
		12
		64
		106
		128
		136
		136
轉身離開 Down Two Then Left（推測）	1978	141
		198
		23
		23
		23
		23
		43
（實際上，納京高並沒有留下這首歌的錄音記錄）		135
很高興認識你！ Mucho Gusto!	1961	139
歌曲：假期飯店 Song Hits From Holiday Inn	1942	178

歌手／樂團／樂手	古典音樂家／樂曲名
查理・帕克 Charlie Parker	只是朋友 Just Friends
	韓德爾 Händel ／直笛奏鳴曲 Recorder Sonata
披頭四 The Beatles	
	老黑爵 Old Black Joe（以音樂盒播放）
韋恩・紐頓 Wayne Newton	
李察・哈里斯 Richard Harris	麥克阿瑟公園 MacArthur Park
揚與迪恩 Jan And Dean	
傑納・皮特尼 Gene Pitney	
傑克森五人組 The Jackson 5	
	巴哈 Bach
	海頓 Haydn
	莫札特 Mozart
派特・布恩 Pat Boone	
巴比・達林 Bobby Darin	
五黑寶合唱團 The Platters	
畢克斯・比德貝克 Bix Beiderbecke	
伍迪・赫曼 Woody Herman	
邦尼・貝瑞根 Bunny Berigan	
尋羊冒險記	
（上集）	
門戶樂團 The Doors	
滾石樂團 The Rolling Stones	
飛鳥樂團 The Byrds	
深紫色 Deep Purple	
憂鬱藍調 The Moody Blues	
	莫札特 Mozart ／協奏曲
	巴哈 Bach ／無伴奏大提琴組曲 Cello Suites
海灘男孩 The Beach Boys	
披頭四 The Beatles	
保羅・麥卡尼 Paul McCartney	
伯茲・史蓋茲 Boz Scaggs	好萊塢 Hollywood （推測。「播了伯茲史蓋茲那首很紅的新歌」）
	蕭邦 Chopin ／敘事曲 Ballades
（下集）	
肯尼・布瑞爾 Kenny Burrell	
比比金 B.B. King	
賴瑞・寇耶爾 Larry Coryell	
吉姆・霍爾 Jim Hall	
	貝多芬 Beethoven ／奏鳴曲 Sonata
納京高 Nat King Cole	國境之南 South Of The Border
培西・費斯樂團 Percy Faith Orchestra	負心人 Perfidia
平・克勞斯貝 Bing Crosby	白色聖誕節 White Christmas

收錄專輯	發行年份	登場頁數
班尼古德曼六重奏 Benny Goodman Sextet（1945）	1941	181, 183, 211
		（中公文庫、第 7 刷）
	1948	標題 エピグラフ
比吉斯 Bee Gees'	1967	標題
		82
		96
		96
		105
		105
	1914	107
點燃我的心火 Light My Fire	1967	125
Let It Be	1970	125
		134
		134
談何容易 It Ain't Easy	1970	140
		189
		216, 218
歌曲：假期飯店 Song Hits From Holiday Inn	1942	216
巴哈 Bach ／創意曲 & 交響曲 Inventions And Sinfonias	1964	219
		225
		226
布拉姆斯間奏曲集 Intermezzo	1960	238
		（講談社文庫、第 48 刷）
		15
		15
		44

歌手／樂團／樂手	古典音樂家／樂曲名
班尼・古德曼 Benny Goodman	航空特快 Air Mail Special
開往中國的慢船	
開往中國的慢船	
	開往中國的慢船 On A Slow Boat To China
紐約炭礦的悲劇	
比吉斯 Bee Gees	1941 年紐約礦災 New York Mining Disaster 1941
門戶樂團 The Doors	
	螢之光蛍の光
	山腰上的家 Home On The Range
袋鼠通信	
	布拉姆斯 Brahms
	馬勒 Mahler
	布基上校進行曲 Colonel Bogey March
下午最後一片草坪	
門戶樂團 The Doors	點燃我的心火 Light My Fire
保羅・麥卡尼 Paul McCartney （披頭四 The Beatles）	漫長蜿蜒路 The Long And Winding Road
清水樂團 Creedence Clearwater Revival	
大放克鐵路 Grand Funk Railroad	
三隻狗之夜 Three Dog Night	媽媽說 Mama Told Me
泥土中她的小狗	
吉米・努恩 Jimmie Noone	
雪梨的綠街	
格倫・顧爾德 Glenn Gould	
平・克勞斯貝 Bing Crosby	白色聖誕節 White Christmas
格倫・顧爾德 Glenn Gould	巴哈 Bach ／創意曲 Invention
	魯給洛雷翁卡伐洛 Ruggiero Leoncavallo 歌劇《丑角 Pagliacci》序曲
	巴哈 Bach 耶穌，吾民仰望的喜悅 Jesu, Joy Of Man's Desiring
格倫・顧爾德 Glenn Gould	布拉姆斯 Brahms ／間奏曲 Intermezzo
遇見 100% 的女孩	
遇見 100% 的女孩	
史提夫・汪達 Stevie Wonder	
比利・喬 Billy Joel	
計程車上的吸血鬼	
唐納文 Donovan	

收錄專輯	發行年份	登場頁數
蓋茲 / 吉爾伯特 Getz/Gilberto	1964	85
		101
離別太過痛苦 Breaking Up Is Hard To Do	1962	116
奇幻之旅 Magical Mystery Tour	1967	119
		125
		125
歡樂青春 Summer Holiday	1963	133
昨天與今天 Yesterday And Today（美國版）	1965	139
再近一步 One Step Closer	1980	187
		194
		194
		（新潮文庫、第 30 刷）
		1, 216
親愛的心 Dear Heart	1964	34
		61
		61
		62
		62
米爾特的律動 Bags Groove	1957	62
		62
		65
漂亮的包裝紙 Pretty Paper（1979）	1963	75
		83
		83
		83
		83
		83

歌手／樂團／樂手	古典音樂家／樂曲名
1963/1982 年的伊帕內瑪姑娘	
史坦・蓋茲 Stan Getz & 赫歐・吉爾伯特 Joao Gilberto	伊帕內瑪姑娘 The Girl From Ipanema
窗	
伯特・巴克瑞克 Burt Bacharach	
五月的海岸線	
尼爾・沙達卡 Neil Sedaka	離別太過痛苦 Breaking Up Is Hard To Do
披頭四 The Beatles	妳需要的就是愛 All You Need Is Love
沒落的王國	
比爾・伊文斯 Bill Evans	
	莫札特 Mozart
32 歲的 Day Tripper	
克里夫・李察＆影子樂團 Cliff Richard & The Shadows	歡樂青春 Summer Holiday
披頭四 The Beatles	一日遊客 Day Tripper
南灣行	
杜比兄弟合唱團 The Doobie Brothers	南灣行 South Bay Strut
吉恩・克魯帕 Gene Krupa	
巴迪・瑞奇 Buddy Rich	
螢火蟲	
螢火蟲	
	君之代君が代
亨利・曼西尼 Henry Mancini	親愛的心 Dear Heart
燒穀倉	
弗雷・亞斯泰 Fred Astaire	
平・克勞斯貝 Bing Crosby	
	柴可夫斯基 Tchaikovsky ／ 弦樂小夜曲 Serenade For Strings
納京高 Nat King Cole	
邁爾士・戴維斯 Miles Davis	奈及利亞 Airegin
	小約翰・史特勞斯 Johann Strauss II ／華爾滋 Walzer
拉維・香卡 Ravi Shankar	
威利・尼爾森 Willie Nelson	漂亮的包裝紙 Pretty Paper（推測。只寫了「聖誕歌曲」）
跳舞的小矮人	
葛林・米勒大樂團 Glenn Miller Orchestra	
滾石樂團 The Rolling Stones	
	拉威爾 Ravel　達芙尼與克羅伊組曲 Daphnis et Chloé
米奇・米勒合唱團 Mitchell Miller	
查理・帕克 Charlie Parker	

收錄專輯	發行年份	登場頁數
（辛納屈的錄音記錄有五個：1942、1947、1956、1961、1977）	1942 或其他	85
		180
		187
		188
		188
（新潮文庫、上集第 37 刷・下集第 32 刷）		
世界末日 The End Of The World	1962	エピグラフ
	1913	14
	1838	142
		152
（實際上，強尼・馬賽斯並沒有留下這首歌的錄音記錄）		161, 163
		281
		304
		320, 348
		376
歌曲：假期飯店 Song Hits From Holiday Inn	1942	377
		380
史蒂芬野狼 Steppenwolf	1968	390
小道消息 I Heard It Through The Grapevine	1969	390
凡登廣場 Vendôme	1966	52
		164, 171,
		164, 171, 242, 275
		171, 245
		171
		171
神魂顛倒 I Go To Pieces	1965	171
		198, 199, 242
		199
		199
		199
		200
		200, 245
		200
投機者樂團聖誕專輯 The Ventures' Christmas Album（推測）	1965	200
		237

歌手／樂團／樂手	古典音樂家／樂曲名
法蘭克・辛納屈 Frank Sinatra	日日夜夜 Night And Day
三個關於德國的幻想	
金・卡恩絲 Kim Carnes	
	韓德爾 Händel ／水上音樂 Water Music
波里尼 Maurizio Pollini	舒曼 Schumann 的某個曲子
洛林・馬澤爾 Lorin Maazel	
世界末日與冷酷異境	
上集	
史琪特・戴維絲 Skeeter Davis	世界末日 The End Of The World
	丹尼男孩 Danny Boy
	安妮・蘿莉 Annie Laurie
羅伯特・卡薩德修 Robert Casadesus - 鋼琴	莫札特 Mozart ／ 第二十三、二十四號鋼琴協奏曲 Piano Concerto No.23 & 24
強尼・馬賽斯 Johnny Mathis	今夜請教我 Teach Me Tonight
麥可・傑克森 Michael Jackson	
查理・帕克 Charlie Parker	
杜蘭・杜蘭 Duran Duran	
	壁爐ペチカ
平・克勞斯貝 Bing Crosby	白色聖誕節 White Christmas
艾爾頓・強 Elton John	
史蒂芬野狼 Steppenwolf	天生狂野 Born To Be Wild
馬文・蓋 Marvin Gaye	
下集	
現代爵士四重奏 Modern Jazz Quartet	凡登廣場 Vendôme
杜蘭・杜蘭 Duran Duran	
吉米・罕醉克斯 Jimi Hendrix	
奶油樂團 Cream	
披頭四 The Beatles	
歐提斯・瑞汀 Otis Redding	
彼得與戈登 Peter&Gordon	神魂顛倒 I Go To Pieces
警察樂團 The Police	
近藤真彥	
松田聖子	
巴布・馬利 Bob Marley	
吉姆・莫里森 Jim Morrison	
門戶樂團 The Doors	
雷蒙・拉斐爾大樂團 Raymond Lefèvre Orchestra	
投機者樂團 The Ventures	
	布魯克納 Bruckner ／交響曲 Symphony

收錄專輯	發行年份	登場頁數
		237
精選輯（無法確認同名專輯）		242
昇華之夜．室內交響曲．期待．六首歌 Verklarte Nacht Chamber Sym Erwartung 6 Songs	1967	242
喧鬧週一 Stormy Monday	1963, 1974	242
最受歡迎的艾靈頓公爵 The Popular Duke Ellington	1967	242
	1982 或其他	242, 263
重回 61 號高速公路 Highway 61 Revisited	1965	242, 246
		242
非主打選輯 Side Tracks	1971	242
		243
巴布・狄倫精選輯 Bob Dylan's Greatest Hits	1967	244
		245
金髮美女 Blonde On Blonde	1966	245
布蘭登堡協奏曲、管弦樂組曲 Brandenburg Konzert No. 6, Orchestral Suites No. 1-2	1967	262
布蘭登堡協奏曲、管弦樂組曲 The Brandenburg Concertos Nos. 1-3 / Orchestral Suite No. 1	1964, 1965	263
		267
		275
米爾特的律動 Bags Groove	1957	275
溫頓・凱利！ Wynton Kelly!	1961	275
派特・布恩的五十首精選 Pat Boone Top Fifty Greatest Hits	1956	278
天才上路 The Genius Hits The Road	1960	278
聖誕快樂 Merry Christmas	1941	280
		286
羅傑・威廉斯 Roger Williams	1955	300, 301
紐約 New York	1970	301
在薩維伊起舞 Stompin At The Savoy	1949	301
艾靈頓公爵的音樂與彈奏 The Music Of Duke Ellington Played By Duke Ellington	1944	323
獻給布蘭頓 This One's For Blanton!	1933	323
自由自在的巴布・狄倫 The Freewheelin' Bob Dylan	1963	340
自由自在的巴布・狄倫 The Freewheelin' Bob Dylan	1963	341
（講談社文庫、第 25 刷）		
		46
		62
尼龍帷幕 The Nylon Curtain	1982	66

歌手／樂團／樂手	古典音樂家／樂曲名
	拉威爾 Ravel ／波麗露 Boléro
強尼・馬賽斯 Johnny Mathis	
祖賓・梅塔 Zubin Mehta - 指揮	荀白克 Schönberg ／昇華之夜 Verklärte Nacht
肯尼・布瑞爾 Kenny Burrell	喧鬧週一 Stormy Monday（誤記為「Stormy Sunday」）
艾靈頓公爵 Duke Ellington	
平諾克 Trevor Pinnock - 指揮	巴哈 Bach ／布蘭登堡協奏曲 Brandenburgische Konzerte
巴布・狄倫 Bob Dylan	猶如滾石 Like A Rolling Stone
詹姆士・泰勒 James Taylor	
巴布・狄倫 Bob Dylan	看著河水流去 Watching The River Flow
喬治・哈里遜 George Harrison	
巴布・狄倫 Bob Dylan	就是在第四街 Positively 4th Street
飛鳥樂團 The Byrds	
巴布・狄倫 Bob Dylan	再次孟斐斯藍調 Memphis Blues Again
卡爾・李希特 Karl Richter - 指揮	巴哈 Bach ／布蘭登堡協奏曲 Brandenburgische Konzerte
帕布洛・卡薩爾斯 Pablo Casals - 指揮	巴哈 Bach ／布蘭登堡協奏曲 Brandenburgische Konzerte
班尼・古德曼 Benny Goodman	
傑克・麥克林 Jackie McLean	
邁爾士・戴維斯 Miles Davis	米爾特的律動 Bags Groove
溫頓・凱利 Wynton Kelly	頂部有流蘇裝飾的馬車 The Surrey With The Fringe On Top
派特・布恩 Pat Boone	我會在家 I'll be Home
雷・查爾斯 Ray Charles	喬治亞在我心 Georgia On My Mind
平・克勞斯貝 Bing Crosby	丹尼男孩 Danny Boy
	丹尼男孩 Danny Boy
羅傑・威廉斯 Roger Williams	枯葉 Autumn Leaves
法蘭克・查克斯菲德大樂團 Frank Chacksfield & His Orchestra	紐約的秋天 Autumn In New York
伍迪・赫曼 Woody Herman	早秋 Early Autumn
艾靈頓公爵 Duke Ellington	什麼也不做，直到你聽見我 Do Nothing Till You Hear From Me
艾靈頓公爵 Duke Ellington	高雅的女子 Sophisticated Lady
巴布・狄倫 Bob Dylan	答案在風中飄蕩 Blowin' In The Wind
巴布・狄倫 Bob Dylan	大雨將至 A Hard Rain's A-Gonna Fall
迴轉木馬的終端	
計程車上的男人	
艾靈頓公爵大樂團 Duke Ellington Orchestra	
游泳池畔	
	布魯克納 Bruckner ／交響曲 Symphony
比利・喬 Billy Joel	艾倫鎮 Allentown

收錄專輯	發行年份	登場頁數
尼龍帷幕 The Nylon Curtain	1982	73
尼龍帷幕 The Nylon Curtain	1982	73
		105
		105
		105
主流 Mainstream	1958	105
海邊音樂會 Concert By The Sea	1955	117
魔力 It's Magic	1948	124
		168
		168
		189
		（講談社文庫、第 22 刷）
		19
		19
暴動進行中 There's A Riot Goin' On	1971	標題
		82
生於美國 Born In The U.S.A.	1984	89
		106
		106, 111
		106
		106
		111
		112
披頭四 The Beatles（白色專輯）	1968	116
		118
		131
		163
		164
	1975	171

歌手／樂團／樂手	古典音樂家／樂曲名
比利・喬 Billy Joel	晚安西貢 Goodnight Saigon
比利・喬 Billy Joel	
嘔吐一九七九	
柯曼・霍金斯 Coleman Hawkins	
萊諾・漢普頓 Lionel Hampton	
皮特・喬利三重奏 Pete Jolly Trio	
維克・狄金森、喬・湯瑪斯與爵士群星團 Vic Dickenson & Joe Thomas & Their All-Star Jazz Groups	
厄羅・加納 Erroll Garner	
避雨	
桃樂絲・黛 Doris Day	魔力 It's Magic
獵刀	
滾石樂團 The Rolling Stones	
馬文・蓋 Marvin Gaye	
	德布西 Debussy
麵包店再襲擊	
麵包店再襲擊	
	華格納 Wagner ／歌劇《唐懷瑟 Tannhäuser》序曲
	華格納 Wagner ／歌劇《漂泊的荷蘭人 Der fliegende Holländer》序曲
家務事	
史萊與史東家族 Sly & The Family Stone	家務事 Family Affair
賀比・漢考克 Herbie Hancock	
布魯斯・史賓斯汀 Bruce Springsteen	生於美國 Born In The U.S.A.
胡立歐 Julio Iglesias	
布魯斯・史賓斯汀 Bruce Springsteen	
傑夫・貝克 Jeff Beck	
門戶樂團 The Doors	
威利・尼爾森 Willie Nelson	
辛蒂・露波 Cyndi Lauper	
披頭四 The Beatles	喔拉滴、喔拉達 Ob-La-Di, Ob-La-Da
李奇・貝拉齊三重奏 Richie Beirach Trio	
雙胞胎與沉沒的大陸	
	巴哈 Bach ／魯特琴組曲 Lute Suites
羅馬帝國的瓦解・一八八一年群起反抗的印第安人・希特勒入侵波蘭・以及強風世界	
	蕭斯塔科維奇 Shostakovich ／大提琴協奏曲 Cello Concerto
史萊與史東家族 Sly & The Family Stone	
發條鳥與星期二的女人們	
克勞迪奧・阿巴多 Claudio Abbado - 指揮 倫敦交響樂團 London Symphony Orchestra	羅西尼 Rossini ／歌劇《鵲賊 La Gazza Ladra》序曲

收錄專輯	發行年份	登場頁數
		180
（講談社文庫、上集第 41 刷・下集第 46 刷）		
橡皮靈魂 Rubber Soul	1965	7, 224
		8
		28
親愛的心 Dear Heart	1964	77
		78
花椒軍曹與寂寞芳心俱樂部 Sgt. Pepper's Lonely Hearts Club Band	1967	82
給黛比的華爾滋 Waltz For Debby	1961	82
		104
		104
	1957	141
		156
		156
		156
	1955	156
		156
		166
		171
		171
		183
		183
		220
		222
橡皮靈魂 Rubber Soul	1965	223
橡皮靈魂 Rubber Soul	1965	223
披頭四 The Beatles（白色專輯）	1968	223
		248
		248
		248
		254
沼澤鄉村樂 Bayou Country	1969	276
血汗淚樂團 Blood, Sweat & Tears	1969	284
火輪 Wheels Of Fire	1968	285
香芹、鼠尾草、迷迭香與百里香 Parsley, Sage, Rosemary And Thyme	1966	285
艾比路 Abbey Road	1969	286
		301

歌手／樂團／樂手	古典音樂家／樂曲名
羅伯・普蘭特 Robert Plant	
挪威的森林	
上集	
披頭四 The Beatles	挪威的森林 Norwegian Wood
比利・喬 Billy Joel	
	君之代君が代
亨利・曼西尼 Henry Mancini	親愛的心 Dear Heart
	布拉姆斯 Brahms／ 第四號交響曲 Symphony No.4
披頭四 The Beatles	
比爾・伊文斯 Bill Evans	
吉姆・莫里森 Jim Morrison	
邁爾士・戴維斯 Miles Davis	
四兄弟合唱團與其他 The Brothers Four & Others	七朵水仙花 Seven Daffodils
四兄弟合唱團 The Brothers Four	檸檬樹 Lemon Tree
彼得、保羅和瑪麗 Peter, Paul And Mary	魔法龍帕夫 Puff
	五百英里 500 Miles
彼得・席格與其他 Pete Seeger & Others	花落何處 Where Have All The Flowers Gone?
	麥克划船上岸 Michael Row The Boat Ashore
李奧納德・伯恩斯坦 Leonard Bernstein	
馬文・蓋 Marvin Gaye	
比吉斯 Bee Gees	
	馬勒 Mahler／交響曲 Symphony 全集 Symphonies
披頭四 The Beatles	
比爾・伊文斯 Bill Evans	
	巴哈 Bach／賦格曲 Fugue
披頭四 The Beatles	蜜雪兒 Michelle
披頭四 The Beatles	漂泊者 Nowhere Man
披頭四 The Beatles	茱莉亞 Julia
	巴哈 Bach
	莫札特 Mozart
	史卡拉第 Scarlatti
	巴哈 Bach／創意曲 Invention
清水樂團 Creedence Clearwater Revival	驕傲的瑪莉 Proud Mary
血汗淚樂團 Blood, Sweat & Tears	轉輪 Spinning Wheel
奶油樂團 Cream	白色房間 White Room
賽門與葛芬柯 Simon & Garfunkel	史卡博羅市集 Scarborough Fair
披頭四 The Beatles	太陽出來了 Here Comes The Sun
	布拉姆斯 Brahms／第二號鋼琴協奏曲 Piano Concerto No.2

收錄專輯	發行年份	登場頁數
		7
		14, 107
		14
裘賓美聲 The Composer Of Desafinado Plays	1963	35, 266
蓋茲 / 吉爾伯特 Getz/Gilberto	1964	35
		35
		35
		37
走過往日的黑暗年代 Through The Past, Darkly	1968	41
奇怪的日子 Strange Days	1967	49
獨一無二 The Unique Thelonious Monk	1956	52
		68
		107
		107
橡皮靈魂 Rubber Soul	1965	127, 271, 283 286
		143
泛藍調調 Kind Of Blue	1959	146
		156
		180
在屋頂上 Up On The Roof	1962	196, 284
		219
		219
		219
橡皮靈魂 Rubber Soul	1965	271, 283
		278
親愛的心 Dear Heart	1964	283
救命！ Help!	1965	283
艾比路 Abbey Road	1969	283
奇幻之旅 Magical Mystery Tour	1967	283
奇幻之旅 Magical Mystery Tour	1967	284
白色專輯 The Beatles	1968	284
白色專輯 The Beatles	1968	284
花椒軍曹與寂寞芳心俱樂部 Sgt. Pepper's Lonely Hearts Club Band	1967	284
橡皮靈魂 Rubber Soul	1965	284
一夜狂歡 A Hard Day's Night	1964	284
		284
		284
靠近你 Close To You	1970	285

歌手／樂團／樂手	古典音樂家／樂曲名
下集	
	巴哈 Bach
巴德・鮑歐 Bud Powell	
塞隆尼斯・孟克 Thelonious Monk	
安東尼・卡洛・裘賓 Antônio Carlos Jobim	走音的快感 Desafinado
史坦・蓋茲 Stan Getz & 赫歐・吉爾伯特 Joao Gilberto	伊帕內瑪姑娘 The Girl From Ipanema
伯特・巴克瑞克 Burt Bacharach	
藍儂－麥卡尼 Lennon-McCartney	
東尼・班奈特 Tony Bennett	
滾石樂團 The Rolling Stones	跳躍閃電傑克 Jumpin' Jack Flash
門戶樂團 The Doors	奇怪的日子 Strange Days
塞隆尼斯・孟克 Thelonious Monk	忍冬玫瑰 Honeysuckle Rose
約翰・柯川 John Coltrane	
歐涅・柯曼 Ornette Coleman	
巴德・鮑歐 Bud Powell	
披頭四 The Beatles	挪威的森林 Norwegian Wood
邁爾士・戴維斯 Miles Davis	
邁爾士・戴維斯 Miles Davis	
莎拉・沃恩 Sarah Vaughan	
約翰・柯川 John Coltrane	
漂流者樂團 The Drifters	在屋頂上 Up On The Roof
	莫札特 Mozart
	拉威爾 Ravel
羅伯特・卡薩德修 Robert Casadesus - 鋼琴	莫札特 Mozart／鋼琴協奏曲
披頭四 The Beatles	蜜雪兒 Michelle
	巴哈 Bach／賦格曲 Fugue
亨利・曼西尼 Henry Mancini	親愛的心 Dear Heart
披頭四 The Beatles	昨日 Yesterday
披頭四 The Beatles	太陽出來了 Here Comes The Sun
披頭四 The Beatles	大智若愚 The Fool On The Hill
披頭四 The Beatles	潘尼巷 Penny Lane
披頭四 The Beatles	黑鳥 Blackbird
披頭四 The Beatles	茱莉亞 Julia
披頭四 The Beatles	假如我已六十四歲 When I'm Sixty-Four
披頭四 The Beatles	漂泊者 Nowhere Man
披頭四 The Beatles	我愛她 And I Love Her
	拉威爾 Ravel／死公主的孔雀舞曲 Pavane pour une infante défunte
	德布西 Debussy／月光 Clair de Lune
木匠兄妹 Carpenters	靠近你 Close To You（伯特巴克瑞克 Burt Bacharach）

收錄專輯	發行年份	登場頁數
《虎豹小霸王》原聲帶 Butch Cassidy And The Sundance KID	1970	285
為華薇克開路 Make Way for Dionne Warwick	1964	285
水瓶年代 The Age Of Aquarius	1969	285
		285
		285
		285
		285
		285
		285
		285
昂首向前走上を向いて歩こう	1961	285
藍絲絨 Blue Velvet	1963	285
四兄弟合唱團 The Brothers Four	1960	285
左輪手槍 Revolver	1966	286
（講談社文庫、上集第 5 刷・下集第 4 刷）		
多麼美好的一夜 Oh, What A Nite	1957	標題
		18
		19
		19
		19
		19
		19
		19
		19
		19
		35
		35
		35
		35
		35
		35
		35
		35
		35
		35
		35
		35
		35
		35

歌手／樂團／樂手	古典音樂家／樂曲名
比・傑・湯瑪斯 B. J. Thomas	雨點不停地落在我身上 Raindrops Keep Fallin' On My Head（伯特・巴克瑞克 Burt Bacharach
狄昂・華薇克 Dionne Warwick	走過去 Walk On By（伯特・巴克瑞克 Burt Bacharach）
五度空間合唱團 The Fifth Dimension	婚禮鐘聲憂鬱 Wedding Bell Blues （寫作伯特・巴克瑞克 Burt Bacharach，實際上是蘿拉・尼諾 Laura N
羅傑斯與哈特 Rodgers & Hart	
	喬治・蓋西文 George Gershwin
巴布・狄倫 Bob Dylan	
雷・查爾斯 Ray Charles	
卡洛金 Carole King	
海灘男孩 The Beach Boys	
史提夫・汪達 Stevie Wonder	
坂本九	昂首向前走上を向いて歩こう
巴比・雲頓 Bobby Vinton	藍絲絨 Blue Velvet
四兄弟合唱團 The Brothers Four	綠野 Greenfields
披頭四 The Beatles	艾蓮娜・瑞比 Eleanor Rigby
舞・舞・舞	
上集	
幽谷合唱團 The Dells	舞・舞・舞 Dance, Dance, Dance
人類聯盟 The Human League	
帝國合唱團 The Imperials	
至上女聲 The Supremes	
佛朗明哥樂團 The Flamingos	
獵鷹樂團 The Falcons	
印象樂隊 The Impressions	
門戶樂團 The Doors	
四季樂隊 The Four Seasons	
海灘男孩 The Beach Boys	
佛利伍・麥克樂團 Fleetwood Mac	
阿巴合唱團 Abba	
梅莉莎・曼徹斯特 Melissa Manchester	
比吉斯 Bee Gees	
凱西與陽光合唱團 KC & The Sunshine Band	
唐娜・桑默 Donna Summer	
老鷹樂團 The Eagles	
波士頓樂團 Boston	
海軍准將合唱團 Commodores	
約翰・丹佛 John Denver	
芝加哥樂隊 Chicago	
肯尼・羅根斯 Kenny Loggins	
南西・辛納屈 Nancy Sinatra	
頑童合唱團 The Monkees	

收錄專輯	發行年份	登場頁數
		35
		35
		35
		35
		35
		35
		35
		36
		36
		36
		36
		36
		36
		36
		36
		36
		36
手指冒汗 Sticky Fingers		36
		37
		37
鄉村與西部音樂現代之音 Modern Sounds In Country And Western Music		37
		54
		7, 375
		75
		75
彈巴哈 Play Bach No. 1	1959	78
		78
		78
		8, 384
		83
		83
		83
愛是藍色的 L'amour est bleu	1967	127, 128, 141 144
夏日戀情 A Summer Place	1960	128, 141
藍色夏威夷 Blue Hawaii	1961	137
顫慄 Thriller	1982	139, 145

歌手／樂團／樂手	古典音樂家／樂曲名
貓王 Elvis Presley	
屈尼・羅培茲 Trini Lopez	
派特・布恩 Pat Boone	
法比安 Fabienne	
巴比・萊德爾 Bobby Rydell	
安妮特・芬內塞羅 Annette Funicello	
赫曼隱士合唱團 Herman's Hermits	
蜂巢樂團 The Honeycombs	
戴夫・克拉克五人組 The Dave Clark Five	
蓋瑞與前導者合唱團 Gerry And The Pacemakers	
佛萊迪與夢想家 Freddie And The Dreamers	
傑佛遜飛船 Jefferson Airplane	
湯姆・瓊斯 Tom Jones	
英格伯・漢普汀克 Engelbert Humperdinck	
賀伯・艾伯特&蒂華納管樂 Herb Alpert & The Tijuana Brass	
賽門與葛芬柯 Simon & Garfunkel	
傑克森五人組 The Jackson 5	
滾石樂團 The Rolling Stones	黑糖 Brown Sugar
洛・史都華 Rod Stewart	
傑・吉爾斯樂團 The J. Geils Band	
雷・查爾斯 Ray Charles	天生輸家 Born To Lose
警察樂團 The Police	
創世紀樂團 Genesis	
	莫札特 Mozart ／費加洛婚禮 Le Nozze Di Figaro
	莫札特 Mozart ／歌劇《魔笛 Die Zauberflöte》序曲
賈克・路西耶 Jacques Loussier	
	格雷果聖歌 Gregorian Chant
坂本龍一	
傑瑞・穆勒根 Gerry Mulligan	
查特・貝克 Chet Baker	
巴布・布魯克邁爾 Bob Brookmeyer	
亞當和螞蟻 Adam And The Ants	
波爾・瑪麗亞 Paul Mauriat	愛是藍色的 L'amour est bleu
培西・費斯樂團 Percy Faith Orchestra	夏日戀情 A Summer Place
貓王 Elvis Presley	草裙舞寶貝 Rock-A-Hula Baby
麥可・傑克森 Michael Jackson	比莉・珍 Billie Jean
理查・克萊德門 Richard Clayderman	
羅絲・印第歐斯 Los Indios Tabajaras	
荷西・費里西安諾 José Feliciano	

收錄專輯	發行年份	登場頁數
		144
		144
		144
		144
		144
		144
		144
《第凡內早餐》原聲帶 Breakfast At Tiffany's	1961	169
		201, 204
雷・查爾斯精選輯 Ray Charles Greatest Hits	1961	203
成年禮 Rick Is 21	1961	203, 204
孤單一人 All Alone Am I	1962	203
與我起舞 Let's Dance	1983	208
		208
		208
		208
		208
		208, 238
		208
		208
		208
靜止的生活 Still Life	1982	208
和平風笛 Pipes Of Peace（保羅・麥卡尼 Paul McCartney）	1983	208
		208, 384
多麼美好的世界 The Wonderful World Of Sam Cooke	1960	208
鳴叫的蟋蟀 The "Chirping" Crickets	1957	208
這就是全部 That's All	1959	208
	1956	208
一打貝瑞 One Dozen Berrys	1958	209
艾迪・柯克蘭紀念專輯 The Eddie Cochran Memorial Album	1958	209
艾佛利兄弟二重唱 The Everly Brothers	1957	209
跟我走 Come Go With Me	1957	210
糖果屋 Sugar Shack	1963	211
衝浪 USASurfin' USA	1963	213
就在今天！ The Beach Boys Today!	1965	213, 315
伸出手 Reach Out	1962	217
我們也記得湯米多西！ We Remember Tommy Dorsey Too!	1962	227
《黑街神探》原聲帶 Shaft	1971	236
		238

歌手／樂團／樂手	古典音樂家／樂曲名
胡立歐 Julio Iglesias	
塞吉歐・曼德斯 Sérgio Mendes	
鷓鴣家庭 The Partridge Family	
1910 水果口香糖合唱團 1910 Fruitgum Company	
米奇米勒合唱團 Mitchell Miller	
安迪・威廉斯 Andy Williams	
艾爾・馬汀諾 Al Martino	
亨利・曼西尼 Henry Mancini	月河 Moon River
臉部特寫樂團 Talking Heads	
雷・查爾斯 Ray Charles	上路吧！傑克 Hit The Road Jack
瑞奇・尼爾森 Ricky Nelson	旅人 Travelin' Man
布蘭達・李 Brenda Lee	孤單一人 All Alone Am I
大衛・鮑伊 David Bowie	中國女孩 China Girl
菲爾・柯林斯 Phil Collins	
星船合唱團 Starship	
湯瑪斯・道比 Thomas Dolby	
湯姆・佩蒂與傷心人 Tom Petty & The Heart Breakers	
霍爾與奧茲 Hall & Oates	
孿生湯普遜合唱團 Thompson Twins	
伊吉・波普 Iggy Pop	
香蕉女皇 Bananarama	
滾石樂團 The Rolling Stones	我要去 A Go-GoGoing To A Go-Go
保羅・麥卡尼 Paul McCartney & 麥可・傑克森 Michael Jackson	暢所欲言 Say Say Say
杜蘭・杜蘭 Duran Duran	
山姆・庫克 Sam Cooke	美好的世界 Wonderful World
巴迪・霍利 Buddy Holly	噢，男孩 Oh, Boy!
巴比・達林 Bobby Darin	飛躍情海 Beyond The Sea
貓王 Elvis Presley	獵狗 Hound Dog
查克・貝瑞 Chuck Berry	甜美的十六歲 Sweet Little Sixteen
艾迪・柯克蘭 Eddie Cochran	夏日藍調 Summertime Blues
艾佛利兄弟二重唱 The Everly Brothers	小蘇西起床 Wake Up Little Susie
戴爾維京人 The Del-Vikings	跟我走 Come Go With Me
吉米・吉爾默與火球樂團 Jimmy Gilmer & The Fireballs	糖果屋 Sugar Shack
海灘男孩 The Beach Boys	衝浪 USASurfin' USA
海灘男孩 The Beach Boys	朗達救救我 Help Me, Rhonda
頂尖四人組 Four Tops	伸出手來，有我在 Reach Out, I'll Be There
摩登一族 The Modernaires	
艾薩克・海斯 Isaac Hayes	《黑街神探 Shaft》主題曲
史提夫・汪達 Stevie Wonder	

收錄專輯	發行年份	登場頁數
		264
		271
		278
		278
		278
全數歸還 Bringing It All Back Home	1965	278
自由自在的巴布・狄倫 The Freewheelin' Bob Dylan	1962	280
		280, 310
		284
		285
		291
亞瑟・普萊薩克與貝西伯爵 Arthur Prysock And Count Basie	1966	331
		338
		338
		338
		338
		339
出埃及記 Exodus	1977	341
機器人先生 Mr. Roboto	1983	341
		342
		342
		343
		384
		370
爵士情歌 Ballad	1961~62	14
紅土 Red Clay	1970	1, 520
		18
		18
		18
		18
		18
		18
		18, 37, 60
		18
		18
微笑 Smiley Smile	1967	22
衝浪女孩 Surfer Girl	1963	22
20 / 20	1969	22
野花蜜 Wild Honey	1967	22
荷蘭 Holland	1973	22

歌手／樂團／樂手	古典音樂家／樂曲名
深紫色 Deep Purple	
鮑伯・庫珀 Bob Cooper	
喬・傑克森 Joe Jackson	
奇可樂團 Chic	
亞倫・派森實驗樂團 The Alan Parsons Project	
巴布・狄倫 Bob Dylan	已經結束 It's All Over Now, Baby Blue
巴布・狄倫 Bob Dylan	大雨將至 A Hard Rain's A-Gonna Fall
險峻海峽 Dire Straits	
警察樂團 The Police	
	亨利・普賽爾 Henry Purcell
貝西伯爵 Count Basie	
亞瑟・普萊薩克與貝西伯爵 Arthur Prysock And Count Basie	
亞特・法莫 Art Farmer	
迷途貓樂團 Stray Cats	
史提利・丹樂團 Steely Dan	
文化俱樂部 Culture Club	
貓王 Elvis Presley	
巴布・馬利與痛哭者 Bob Marley & The Wailers	
冥河樂團 Styx	機器人先生 Mr. Roboto
山姆・庫克 Sam Cooke	
瑞奇・尼爾森 Ricky Nelson	
菲爾・柯林斯 Phil Collins	
大衛・鮑伊 David Bowie	
	莫札特 Mozart ／鋼琴奏鳴曲 Piano Sonata
下集	
約翰・柯川 John Coltrane	
佛萊迪・哈巴德 Freddie Hubbard	
貓王 Elvis Presley	
吻樂團 Kiss	
旅行者樂團 Journey	
鐵娘子樂團 Iron Maiden	
AC / DC	
機車頭樂團 Motörhead	
麥可・傑克森 Michael Jackson	
王子 Prince	
史萊與史東家族 Sly & The Family Stone	
海灘男孩 The Beach Boys	心動難耐 Good Vibrations
海灘男孩 The Beach Boys	衝浪女孩 Surfer Girl
海灘男孩 The Beach Boys	
海灘男孩 The Beach Boys	
海灘男孩 The Beach Boys	

收錄專輯	發行年份	登場頁數
起浪 Surf's Up	1971	22, 166
		23
		23
		23
		23
		23
關上 Vol.2Shut Down Volume 2	1964	24
盛夏日子（還有夏夜！） Summer Days (And Summer Nights!!)	1965	25
福特雙門小轎車 Little Deuce Coupe	1963	25
衝浪女孩 Surfer Girl	1963	25
西班牙哈林區 Spanish Harlem	1960	31
站起來！ Stand!	1969	3, 451
		46
		46
		58
		58
		6, 094
		60
		60
		61
		61
		66
		69
		81
河流 The River	1980	92, 126
倒敘 Flashback	1983	93
		94, 169, 203, 213
里昂・羅素 Leon Russell	1970	98
藍色夏威夷 Blue Hawaii	1937	99
四顆星 Four Star Favorites	1940	103
	1933	104
		110
		122, 126, 166
		126
		140
		140
		140
	1930	140
	1944	141
響尾蛇 Sidewinder	1963	151

歌手／樂團／樂手	古典音樂家／樂曲名
海灘男孩 The Beach Boys	
奶油樂團 Cream	
誰樂團 The Who	
齊柏林飛船 Led Zeppelin	
吉米・罕醉克斯 Jimi Hendrix	
布萊恩・威爾森 Brian Wilson	
海灘男孩 The Beach Boys	樂樂樂 Fun, Fun, Fun
海灘男孩 The Beach Boys	加州女孩 California Girls
海灘男孩 The Beach Boys	409
海灘男孩 The Beach Boys	追浪 Catch A Wave
班・伊金 Ben E. King	
史萊與史東家族 Sly & The Family Stone	普通人 Everyday People
險峻海峽 Dire Straits	
巴布・狄倫 Bob Dylan	
艾瑞克・克萊普頓 Eric Clapton	
霍爾與奧茲 Hall & Oates	
杜蘭・杜蘭 Duran Duran	
喬・傑克森 Joe Jackson	
偽裝者樂團 The Pretenders	
超級流浪漢樂團 Supertramp	
汽車樂團 The Cars	
羅西音樂樂團 Roxy Music	
	韋瓦第 Vivaldi
	莫札特 Mozart
布魯斯・史賓斯汀 Bruce Springsteen	飢渴的心 Hungry Heart
傑・吉爾斯樂團 The J. Geils Band	千舞之地 Land Of A Thousand Dances
喬治男孩 Boy George	
里昂・羅素 Leon Russell	給你的歌 A Song For You
平・克勞斯貝 Bing Crosby	藍色夏威夷 Blue Hawaii
亞提蕭大樂團 Artie Shaw And His Orchestra	狂熱的愛 Frenesi
班尼・古德曼與其他 Benny Goodman & Others	月光 Moonglow
外國人樂團 Foreigner	
滾石樂團 The Rolling Stones	
布魯斯・史賓斯汀 Bruce Springsteen	
	拉赫曼尼諾夫 Rachmaninov
	星塵 Stardust
	但不是為我 But Not For Me
喬治・蓋西文 George Gershwin	佛蒙特的月光 Moonlight In Vermont
布雷克本 John Blackburn（作詞） 卡爾・蘇斯道夫 Karl Suessdorf（作曲）	蕭邦 Chopin／前奏曲 Prélude
李・摩根 Lee Morgan	響尾蛇 Sidewinder

收錄專輯	發行年份	登場頁數
好萊塢大逃竄 Hollywood Stampede	1972（1945 年錄音）	151
		157
		157
		161
		163
		166
		166
		166
	1917	285
	1964	288
談樂色變 Fear Of Music	1979	312, 314
哼唱一匙愛 Hums Of The Lovin' Spoonful	1966	317
與曼托瓦尼大樂團一起渡過誘惑的夜晚 An Enchanted Evening With Mantovani & His Orchestra	1952	350
（文春文庫、第 12 刷）		
		57
		57
		57
		57
		57
		57
		57
		57
		75
		75
		76
		122
靜止的生活 Still Life	1982	128
		135
		154, 159, 206
		154, 159, 206

歌手／樂團／樂手	古典音樂家／樂曲名
柯曼・霍金斯 Coleman Hawkins	老古板 Stuffy
海灘男孩 The Beach Boys	
米克・傑格 Mick Jagger	
	舒伯特 Schubert／作品編號 100 的三重奏（第二號鋼琴三重奏 D.929Piano Trio In E-flat Major, D.929）
艾爾頓・強 Elton John	
平克・佛洛伊德 Pink Floyd	
一匙愛樂團 The Lovin' Spoonful	
三隻狗之夜 Three Dog Night	
	虎威 Tiger Rag
路易・阿姆斯壯與其他 Louis Armstrong & Others	妳好，多莉！ Hello, Dolly!
臉部特寫樂團 Talking Heads	
一匙愛樂團 The Lovin' Spoonful	城市夏日 Summer In The City
曼托瓦尼大樂團 Mantovani And His Orchestra	誘惑的夜晚 Some Enchanted Evening
電視人	
飛機	
	威爾第 Verdi
	普契尼 Puccini
	董尼才第 Donizetti
	理查・史特勞斯 Richard Strauss
	普契尼 Puccini／波希米亞人 La Bohème
	普契尼 Puccini／杜蘭朵公主 Turandot
	貝里尼 Bellini／諾瑪 Norma
	貝多芬 Beethoven／費黛里奧 Fidelio
高度資本主義時代前史	
門戶樂團 The Doors	
披頭四 The Beatles	
巴布・狄倫 Bob Dylan	
加納克里特	
凱斯・理察斯 Keith Richards	
滾石樂團 The Rolling Stones	我要去 A Go-GoGoing To A Go-Go
殭屍	
麥可・傑克森 Michael Jackson	
睡	
	海頓 Haydn
	莫札特 Mozart

收錄專輯	發行年份	登場頁數
（講談社文庫、第 49 刷）		
		15, 129
		15
		15, 129
		15, 204
		17, 129, 271
		17, 129
永誌難忘 Unforgettable	1953	17, 245
（實際上，納京高並沒有留下這首歌的錄音記錄）		22, 242
		99
	1945	115
蓋茲 / 吉爾伯特與其他 Getz/Gilberto & Others	1962	122
如此甜蜜的雷擊 Such Sweet Thunder	1957	131, 232, 286
		149
	1930	149
		174
口出狂言 Speaking In Tongues	1983	193
		233
		233
與恰比・卻克一起扭腰擺臀 Twist With Chubby Checker	1960	234
		240
		241
		241
		268
		268
	1931	287
（新潮文庫、第 1 部第 35 刷、第 2 部第 29 刷、第 3 部第 32 刷）		
	1975	標題 11
管樂來襲 The Brass Are Comin'	1969	77
		77
微風與我 The Breeze And I	1961	105
夏日戀情 A Summer Place	1960	106
		147
		151
雙贏者 Two Time Winners	1958	152
安迪・威廉斯 Andy Williams	1956	152

歌手／樂團／樂手	古典音樂家／樂曲名
國境之南、太陽之西	
	羅西尼 Rossini ／序曲集 Overtures
	貝多芬 Beethoven ／田園（第六號交響曲） Symphony No. 6
	葛利格 Grieg ／皮爾金組曲 Peer Gynt
	李斯特 Liszt ／鋼琴協奏曲 Piano Concerto
納京高 Nat King Cole	
平・克勞斯貝 Bing Crosby	
納京高 Nat King Cole	假裝 Pretend
納京高 Nat King Cole	國境之南 South Of The Border
	舒伯特 Schubert ／冬之旅 Winterreise
伊利諾・傑魁特大樂團 Illinois Jacquet & His Orchestra	知更鳥巢 Robin's Nest（主角經營的爵士酒吧店名。作曲：查爾斯湯普森 Charles Thompson）
安東尼・卡洛・裘賓 Antônio Carlos Jobim（作曲）	靜夜星空 Corcovado
艾靈頓公爵 Duke Ellington	惡星情人 The Star-Crossed Lovers
查理・帕克 Charlie Parker	
喬治・蓋西文 George Gershwin（作曲）& 艾拉・蓋西文 Ira Gershwin（作詞）	擁抱你 Embraceable You
	韓德爾 Händel ／管風琴協奏曲 Organ Concerto
臉部特寫樂團 Talking Heads	放火燒屋 Burning Down The House
比利・史崔洪 Billy Strayhorn	
保羅・岡薩夫斯 Paul Gonsalves	
恰比・卻克 Chubby Checker	扭腰擺臀 The Twist
	莫札特 Mozart ／弦樂四重奏曲 String Quartet
	狗狗巡警犬のおまわりさん
	鬱金香チューリップ
	韋瓦第 Vivaldi
	泰勒曼 Telemann
赫曼・哈普菲德 Herman Hupfeld（作詞作曲）	似水流年 As Time Goes By
發條鳥年代記	
第 1 部　鵲賊篇	
克勞迪奧・阿巴多 Claudio Abbado - 指揮 倫敦交響樂團 London Symphony Orchestra	羅西尼 Rossini ／ 歌劇《鵲賊 La Gazza Ladra》序曲
賀伯・艾伯特＆蒂華納管樂 Herb Alpert & The Tijuana Brass	馬爾他島的沙灘 The Maltese Melody
凱斯・理察斯 Keith Richards	
培西・費斯樂團 Percy Faith Orchestra	飄 Tara's Theme
培西・費斯樂團 Percy Faith Orchestra	夏日戀情 A Summer Place
艾瑞克・杜菲 Eric Dolphy	
范・海倫樂團 Van Halen	
安迪・威廉斯 Andy Williams	夏威夷婚禮之歌 Hawaiian Wedding Song
安迪・威廉斯 Andy Williams	加拿大落日 Canadian Sunset

收錄專輯	發行年份	登場頁數
		152
		152
		152
		152
		152
		152
顫慄 Thriller	1982	155
雪莉！ Shelley!	1962	156
		標題 199
		23
豎琴原音 The Harp In Hi-Fi	1953	27
披頭廉售 Beatles For Sale	1964	28
		199
華薇克在娃娃谷 Dionne Warwick In Valley Of The Dolls	1968	343
	1945	352
年少戀人之歌 Songs For Young Lovers	1954	352
		標題
		61
		63
		81
		92
香芹、鼠尾草、迷迭香與百里香 Parsley, Sage, Rosemary And Thyme	1966	100
		126
		162
		184
		184
		184
		184
		187
		187
		193
		197
		197
		206

歌手／樂團／樂手	古典音樂家／樂曲名
塞吉歐曼・德斯 Sérgio Mendes	
伯特・康姆玻菲特 Bert Kaempfert	
101 弦樂團 101 Strings	
亞伯特・艾勒 Albert Ayler	
唐・薛利 Don Cherry	
西索・泰勒 Cecil Taylor	
麥可・傑克森 Michael Jackson	比莉・珍 Billie Jean
雪莉・法巴瑞絲 Shelley Fabares	強尼天使 Johnny Angel
第 2 部　預言鳥篇	
	舒曼 Schumann ／ 預言鳥 Vogel Als Prophet（出自《林中景象 Waldszenen》）
	巴哈 Bach ／無伴奏小提琴奏鳴曲 Sonatas For Solo Violin
羅伯・麥克斯威爾 Robert Maxwell	退潮 Ebb Tide
披頭四 The Beatles	一週八天 Eight Days A Week
	柴可夫斯基 Tchaikovsky ／弦樂小夜曲 Serenade For Strings
狄昂・華薇克 Dionne Warwick （伯特・巴克瑞克 Burt Bacharach）	往聖荷西的路 Do You Know The Way To San Jose
法蘭克・辛納屈 Frank Sinatra	做夢 Dream
法蘭克・辛納屈 Frank Sinatra	女孩藍調 Little Girl Blue
第 3 部　刺鳥人篇	
	莫札特 Mozart ／ 歌劇《魔笛 Die Zauberflöte》第一幕／ 快樂的捕鳥人 Der Vogelfänger bin ich ja
	海頓 Haydn ／四重奏 Quartet
	巴哈 Bach ／類似大鍵琴曲的樂曲
布魯斯・史賓斯汀 Bruce Springsteen	
凱斯・傑瑞特 Keith Jarrett	
賽門與葛芬柯 Simon & Garfunkel	史卡博羅市集 Scarborough Fair
	莫札特 Mozart ／魔笛 Die Zauberflöte
奧斯蒙兄弟 The Osmond Brothers	
	巴哈 Bach
	莫札特 Mozart
	普朗克 Poulenc
	巴爾托克 Bartók
	羅西尼 Rossini ／宗教作品
	韋瓦第 Vivaldi ／管弦樂的協奏曲
	巴哈 Bach ／音樂獻禮 Musikalisches Opfer
巴瑞・曼尼洛 Barry Manilow	
空中補給 Air Supply	
	抬轎籠的猴子お猿の駕籠屋

收錄專輯	發行年份	登場頁數
		233
		252
		291
	1945	414
		436
		461
（新潮文庫、第 4 刷）		
		15
重新開始 Begin The Beguine	1978	2, 642
十克拉 10 ナンバーズ・からっと	1979	39
		43
		43
		43
		109
		109
		109
		109
倫敦屋的比利・泰勒 Billy Taylor At The London House	1956	111
		150
		150
		181
經典精選第二輯 Bob Dylan's Greatest Hits Vol. II	1971	213
	19, 621, 963	此短篇是這首歌同譜換詞的歌曲
（文春文庫、第 18 刷）		
		16
		16

歌手／樂團／樂手	古典音樂家／樂曲名
	李斯特 Liszt ／練習曲
	莫札特 Mozart ／鋼琴奏鳴曲 Piano Sonata
	韓德爾 Händel ／十二首大協奏曲 Twelve Grand Concertos
阿圖羅・托斯卡尼尼 Arturo Toscanini ／ 指揮	羅西尼 Rossini ／歌劇《 鵲賊 La Gazza Ladra》序曲
	羅西尼 Rossini ／歌劇《 鵲賊 La Gazza Ladra》序曲
	螢之光蛍の光
夜之蜘蛛猴	
法國號	
	布拉姆斯 Brahms ／鋼琴協奏曲 Piano Concerto
胡立歐・依格雷西亞斯	
胡立歐 Julio Iglesias	重新開始 Begin The Beguine
炸薯餅	
南方之星サザンオールスターズ	懷念的惠理いとしのエリー
撲克牌	
威利・尼爾森 Willie Nelson	
阿巴合唱團 Abba	
理查・克萊德門 Richard Clayderman	
為老早以前國分寺一家爵士喫茶店做的廣告	
約翰・柯川 John Coltrane	
史坦・蓋茲 Stan Getz	
凱斯・傑瑞特 Keith Jarrett	
克勞帝・威廉森 Claude Williamson	
比利・泰勒 Billy Taylor	
蘿蔔泥	
湯姆・瓊斯 Tom Jones	
阿巴合唱團 Abba	
能率高的竹馬	
	莫札特 Mozart ／第十五號弦樂四重奏 String Quartet No. 15
正要下豪雨時	
巴布・狄倫 Bob Dylan	
從早唱拉麵之歌	
彼得、保羅和瑪麗、屈尼羅培茲與其他 Peter, Paul and Mary, Trini Lopez & Others	如果我有把槌子 If I Had A Hammer
萊辛頓的幽靈	
萊辛頓的幽靈	
小澤征爾	
波士頓交響樂團 The Boston Symphony Orchestra	

收錄專輯	發行年份	登場頁數
		20
		38
		118
		118
		118
（講談社文庫、第 16 刷）		
		11
		20
		20
		21
	1955	29 254 309 310
	1950~54	33
		33
	1955 1957 1969	33
		33
		33
		33
你微笑的影子 The Shadow Of Your Smile	1965	49
		67
		74
		74
		74
		74
		74
		74
巴比・達林故事 The Bobby Darin Story	1959	102
	1986	114
		115, 117
		118
		122
朱利葉斯・卡欽 Decca 錄音全集 Julius Katchen The Complete Decca Recordings	1964	166
		172
		215
		225
		225

歌手／樂團／樂手	古典音樂家／樂曲名
李・康尼茲 Lee Konitz	
	舒伯特 Schubert
東尼瀧谷	
波比・哈克特 Bobby Hackett	
傑克・提嘉頓 Jack Teagarden	
班尼・古德曼 Benny Goodman	
人造衛星情人	
迪吉・葛拉斯彼 Dizzy Gillespie	
	舒伯特 Schubert／交響曲 Symphony
	巴哈 Bach／清唱曲 Cantata
	普契尼 Puccini／波希米亞人 La Bohème
伊莉莎白・舒娃茲柯芙 Elisabeth Schwarzkopf - 演唱／華特・季雪金 Walter Gieseking - 鋼琴	莫札特 Mozart／藝術歌曲　紫羅蘭 Das Veilchen
威廉・巴克豪斯 Wilhelm Backhaus	貝多芬 Beethoven　鋼琴奏鳴曲 Piano Sonata
弗拉基米爾・霍洛維茲 Vladimir Horowitz	蕭邦 Chopin／詼諧曲 Scherzo
弗利德里克・顧爾達 Friedrich Gulda	德布西 Debussy／前奏曲集 Préludes
華特・季雪金 Walter Gieseking	葛利格 Grieg
斯維亞托斯拉夫・李希特 Sviatoslav Richter	普羅高菲夫 Prokofiev
汪達・蘭多芙斯卡 Wanda Landowska	莫札特 Mozart　鋼琴奏鳴曲 Piano Sonata
艾斯特・吉芭托 Astrud Gilberto	應許之地 Aruanda
馬克・博蘭 Marc Bolan	
	舒曼 Schumann
	孟德爾頌 Mendelssohn
	普朗克 Poulenc
	拉威爾 Ravel
	巴爾托克 Bartók
	普羅高菲夫 Prokofiev
巴比・達林 Bobby Darin	暗刀麥奇 Mack The Knife
朱塞佩・西諾波利 Giuseppe Sinopoli - 指揮／瑪莎・阿格麗希 Martha Argerich - 鋼琴	李斯特 Liszt／第一號鋼琴協奏曲 Piano Concerto No.1
	韋瓦第 Vivaldi
十年後樂團 Ten Years After	
修路易斯與新聞樂團 Huey Lewis & The News	
朱利葉斯・卡欽 Julius Katchen	布拉姆斯 Brahms／四首敘事曲 Ballades, Op. 10
	巴哈 Bach／小品 Miniatures
	布拉姆斯 Brahms
	小約翰・史特勞斯 Johann Strauss II／藍色多瑙河 The Blue Danube
	小約翰・史特勞斯 Johann Strauss II／藍色多瑙河 The Blue Danube

收錄專輯	發行年份	登場頁數
		232
		240
		240
		277
		312
（新潮文庫、第 17 刷）		
		17
		17
		49
電影《賽馬場的一天 A Day At The Races》	1937	標題
海灘男孩 The Beach Boys	1963	118
李斯特・楊 Lester Young／ 李斯特・楊在爵士走進愛樂廳 Lester Young At JATP	1965	123
		123
		123
		123
		123
		123
		123
		123
海邊音樂會 Concert By The Sea	1955	124, 126, 147
		132
		135
		192, 228
（新潮文庫、上集第 5 刷、下集第 1 刷）		
		68, 283
		68, 465
		68
		113

歌手／樂團／樂手	古典音樂家／樂曲名
	莫札特 Mozart ／第十四號鋼琴奏鳴曲 Piano Sonata No. 14
	貝多芬 Beethoven ／ 第二十一號鋼琴奏鳴曲 Piano Sonata No. 21 ／ 華德斯坦 Waldatein
	舒曼 Schumann ／克萊斯勒魂 Kreisleriana
班・韋伯斯特 Ben Webster	
	巴哈 Bach ／賦格曲的技法
神的孩子都在跳舞	
UFO 降落在釧路	
披頭四 The Beatles	
比爾・伊文斯 Bill Evans	
有熨斗的風景	
珍珠果醬 Pearl Jam	
神的孩子都在跳舞	
蓋斯・卡恩 Gus Kahn（作詞）／華特・約爾曼 Walter Jurmann ／布羅尼斯瓦夫・卡帕 Bronislau Kaper（作曲）	神的孩子都在跳舞 All God's Chillun Got Rhythm
泰國	
海灘男孩 The Beach Boys	衝浪女孩 Surfer Girl
爵士走進愛樂廳 JATP (Jazz At The Philharmonic)	難以啟齒 I Can't Get Started
霍華・麥克吉 Howard McGhee	
李斯特・楊 Lester Young	
萊諾・漢普頓 Lionel Hampton	
巴德・鮑歐 Bud Powell	
厄爾・海因斯 Earl Hines	
哈利・愛迪生 Harry Edison	
巴克・克萊頓 Buck Clayton	
厄羅・加納 Erroll Garner	我會記得四月 I'll Remember April
班尼・古德曼六重奏 Benny Goodman Sextet	
柯曼・霍金斯 Coleman Hawkins	
蜂蜜派	
	舒伯特 Schubert ／鱒魚 Die Forelle
海邊的卡夫卡	
上集	
艾靈頓公爵 Duke Ellington	
披頭四 The Beatles	
齊柏林飛船 Led Zeppelin	
王子 Prince	

收錄專輯	發行年份	登場頁數
		123
		159, 312
		230
		230, 231
		231, 343
		235
		235
		239
		239
火輪 Wheels Of Fire	1968	283
1999	1982	291
	1937	303
		465
		465
		465
		465
花椒軍曹與寂寞芳心俱樂部 Sgt. Pepper's Lonely Hearts Club Band	1967	466
	1931	467
金髮美女 Blonde On Blonde	1966	48
白色專輯 The Beatles	1968	48
坐在海灣的碼頭 The Dock Of The Bay	1968	48
蓋茲 / 吉爾伯特 Getz/Gilberto	1964	48
		148
		148, 218, 324
1999	1982	186
愛情符號 Love Symbol	1992	186
貝多芬：第七號鋼琴三重奏〈大公〉／ 舒伯特：第一號鋼琴三重奏／ Beethoven: Piano Trio Op. 97 Schubert: Piano Trio Op.99	1941	210
	1958	210, 219
	1967	216
		218
		218
		223, 228
		281

歌手／樂團／樂手	古典音樂家／樂曲名
電台司令 Radiohead	
	普契尼 Puccini ／波希米亞人 La Bohème
	貝多芬 Beethoven
	舒曼 Schumann
	舒伯特 Schubert ／ 第十七號鋼琴奏鳴曲 Sonata For Piano In D Major, Op. 53
阿爾弗雷德・布蘭德爾 Alfred Brendel	
弗拉基米爾・阿胥肯納吉 Vladimir Ashkenazy	
	舒伯特 Schubert
	華格納 Wagner
奶油樂團 Cream	十字路口 Crossroads
王子 Prince	小紅跑車 Little Red Corvette
賴瑞・莫瑞 Larry Morey（作詞）／法蘭克・邱吉爾 Frank Churchill（作曲）	嗨吼！ Heigh-Ho
滾石樂團 The Rolling Stones	
海灘男孩 The Beach Boys	
賽門與葛芬柯 Simon & Garfunkel	
史提夫・汪達 Stevie Wonder	
披頭四 The Beatles	
赫曼・哈普菲德 Herman Hupfeld（作詞作曲）	似水流年 As Time Goes By
下集	
巴布・狄倫 Bob Dylan	
披頭四 The Beatles	
歐提斯・瑞汀 Otis Redding	
史坦・蓋茲 Stan Getz & 赫歐・吉爾伯特 Joao Gilberto	
	普契尼 Puccini
	海頓 Haydn
王子 Prince	小紅跑車 Little Red Corvette
王子 Prince	性感尤物 Sexy MF
亞瑟・魯賓斯坦 Artur Rubinstein - 鋼琴／雅沙・海飛茲 Jascha Heifetz - 小提琴／艾曼紐・福伊爾曼 Emanuel Feuermann - 大提琴	貝多芬 Beethoven ／ 第七號鋼琴三重奏〈大公〉Piano Trio Op. 97 〈Archduke〉
艾曼紐・福伊爾曼 Emanuel Feuermann - 大提琴	貝多芬 Beethoven ／ 第七號鋼琴三重奏〈大公〉Piano Trio Op. 97 〈Archduke〉
歐伊斯特拉夫三重奏 Oistrakh Trio	海頓 Haydn ／第一號大提琴協奏曲 Cello Concerto No. 1
皮耶・傅尼葉 Pierre Fournier	巴哈 Bach
	莫札特 Mozart
	莫札特 Mozart ／第九號小夜曲 Serenade No. 9
	貝多芬 Beethoven ／ 第五號鋼琴三重奏〈幽靈〉Piano Trios, Op. 70 〈Geister〉

收錄專輯	發行年份	登場頁數
井上陽水精選輯 Golden Best	1973	292
一號複製人 KID A	2000	302
Greatest Hits（實際上未發行此專輯名的精選輯）		302
我最愛的事 My Favorite Things	1960	302, 342
		328
		328
		328
		328
		328
		343
		423, 425
		（講談社文庫、第 6 刷）
藍調 Blues-ette	1959	標題　32
年輕戀人主題曲 Themes For Young Lovers	1963	9
		22
		31, 217
		31
		32
		32
		33
四月愚人 The April Fools	1969	37
多才的馬丁・丹尼 The Versatile Martin Denny	1962	47
亞特・泰坦＆班・韋伯斯特四重奏 The Art Tatum & Ben Webster Quartet	1956	80
	1933	95
		95
行為 Behaviour	1991	97
私家偵探 Private Eyes	1981	99
	1963	111
	1985	119, 120
		148, 276
史卡拉第清唱曲集 Scarlatti: Cantatas	1997	195
		204
前鋒村俱樂部之夜 A Night At The Village Vanguard	1957	254
家族 FAMILY	1997	261
		（新潮文庫、第 1 刷）
		11 與其他
		13

歌手／樂團／樂手	古典音樂家／樂曲名
井上陽水	夢中夢の中へ
電台司令 Radiohead	
王子 Prince	
約翰・柯川 John Coltrane	我最愛的事 My Favorite Things
	白遼士 Berlioz
	華格納 Wagner
	李斯特 Liszt
	舒曼 Schumann
蘇克三重奏 Suk Trio	
麥考伊・泰納 McCoy Tyner	
	小白花 Edelweiss
黑夜之後	
寇提斯・富勒 Curtis Fuller	燈光漸暗 Five Spot After Dark
培西・費斯樂團 Percy Faith Orchestra	女孩妳走吧 Go Away Little Girl
威猛樂團 Wham!	
米克・傑格 Mick Jagger	
艾瑞克・克萊普頓 Eric Clapton	
吉米・罕醉克斯 Jimi Hendrix	
彼特・湯森 Pete Townshend	
電塔合唱團 Tower of Power	
伯特・巴克瑞克 Burt Bacharach（狄昂・華薇克 Dionne Warwick）	四月愚人 The April Fools
馬丁丹尼樂團 Martin Denny Orchestra	更多 More
亞特・泰坦 Art Tatum & 班・韋伯斯特 Ben Webster	我的想法 My Ideal
艾靈頓公爵 Duke Ellington	高雅的女子 Sophisticated Lady
哈利・卡尼 Harry Carney	
寵物店男孩 Pet Shop Boys	嫉妒心 Jealousy
霍爾與奧茲 Hall & Oates	我不能 I Can't Go for That
薩爾瓦多・阿達莫 Salvatore Adamo	下雪了 Tombe La Neige
伊沃・波哥雷里奇 Ivo Pogorelich	巴哈 Bach ／英國組曲 Englische Suiten
法蘭西斯・賴 Francis Lai	
布萊恩・阿薩瓦 Brian Asawa	史卡拉第 Scarlatti ／清唱曲 Cantata
南方之星サザンオールスターズ	
桑尼・羅林斯 Sonny Rollins	兩人的月亮 Sonnymoon For Two
菅止戈男スガシカオ（Suga Shikao）	炸彈果汁バクダン・ジュース
東京奇譚集	
偶然的旅人	
湯米・佛萊納根 Tommy Flanagan	
查理・帕克 Charlie Parker	

收錄專輯	發行年份	登場頁數
		13
撥號 J. J. 5Dial J. J. 5	1957	13
不期而遇 Encounter!	1969	13
晚十朝四在 Five Spot10 To 4 At The 5 Spot	1958	15
		18
		18
		18
		19
		19
	1959	36
		70
		71
		74
		74
		74
	1949	79
藍色夏威夷 Blue Hawaii	1937	79
		81
這就是全部 That's All	1959	83
		171
旗幟 Flag	1979	175
（新潮文庫、BOOK1 前編第 10 刷、BOOK1 後編第 3 刷、BOOK2 前編第 10 刷、BOOK2 後編第 3 刷、BOOK3 前編第 10 刷、BOOK3 後編第 1 刷）		
	1933	題詞 135
	1965	11, 17, 73, 93
顫慄 Thriller	1982	31
		111
納京高三重奏 The King Cole Trio	1940	130
		232 做為讀寫困難的範例登場
		254
		254
	1965	260
		306, 327
		306, 327

歌手／樂團／樂手	古典音樂家／樂曲名
艾靈頓公爵 Duke Ellington	
J・J・強生 J.J. Johnson	巴巴多斯 Barbados
派伯・亞當斯 Pepper Adams	惡星情人 The Star-Crossed Lovers
派伯・亞當斯 Pepper Adams	
	德布西 Debussy
	薩替 Satie
	普朗克 Poulenc
	普朗克 Poulenc ／法國組曲 Suite Française
	普朗克 Poulenc ／牧歌 Pastorale
亞瑟・魯賓斯坦 Artur Rubinstein	蕭邦 Chopin ／敘事曲 Ballades
哈那雷灣	
貓王 Elvis Presley	
艾維斯・卡斯提洛 Elvis Costello	
瑞德・嘉蘭 Red Garland	
比爾・伊文斯 Bill Evans	
溫頓・凱利 Wynton Kelly	
	海島的呼喚 Bali Ha'i
平・克勞斯貝 Bing Crosby	藍色夏威夷 Blue Hawaii
B'z	
巴比・達林 Bobby Darin	飛躍情海 Beyond The Sea
日日移動的腎形石	
	馬勒 Mahler ／藝術歌曲 Lied
詹姆士・泰勒 James Taylor	在屋頂上 Up On The Roof
1Q84	
BOOK1 前編	
	紙月亮 It's Only A Paper Moon
喬治・塞爾 George Szell - 指揮／ 克里夫蘭管弦樂團 The Cleveland Orchestra	楊納傑克 Janáček ／小交響曲 Sinfonietta
麥可・傑克森 Michael Jackson	比莉珍 Billie Jean
	巴哈 Bach ／平均律鍵盤曲集 Das Wohltemperierte Klavier
納京高 Nat King Cole	甜美的洛林 Sweet Lorraine
查爾斯・明格斯 Charles Mingus	
	海頓 Haydn
	莫札特 Mozart
喬治・塞爾 George Szell - 指揮／ 克里夫蘭管弦樂團 The Cleveland Orchestra	巴爾托克 Bartók ／管弦樂的協奏曲
皇后樂團 Queen	
阿巴合唱團 Abba	

收錄專輯	發行年份	登場頁數
		52
		52
電影《真善美 The Sound Of Music》原聲帶	1965	122
		124
		126
		142
		147
巴爾托克：管弦樂協奏曲／楊納傑克：小交響曲 Bartók: Concerto for Orchestra, Janacek: Sinfonietta	1970	41
當爵士碰到藍調 Plays W.C. Handy	1954	42
		42
		42
		44
		44
		44
		44
	1965	76, 146
		124
		125
		146
		160
		168
		168
以防你正戀愛 In Case You're In Love	1967	206
		219
	1933	12
		40, 42, 49
		54
		77
		97
		97
		98
		99, 119

歌手／樂團／樂手	古典音樂家／樂曲名
BOOK1 後編	
梅爾・托美 Mel Tormé	
平・克勞斯貝 Bing Crosby	
茱莉・安德魯 Julie Andrews	我最愛的事 My Favorite Things
	巴哈 Bach ／平均律鍵盤曲集 Das Wohltemperierte Klavier
	巴哈 Bach ／馬太受難曲 Matthäus-Passion
	道蘭 Dowland ／七種眼淚 Lachrimae
	海頓 Haydn ／大提琴協奏曲 Cello Concerto
BOOK2 前編	
小澤征爾 - 指揮／芝加哥交響樂團 Chicago Symphony Orchestra	楊納傑克 Janáček ／小交響曲 Sinfonietta
路易・阿姆斯壯 Louis Armstrong	亞特蘭大藍調 Atlanta Blues
巴尼・畢葛德 Barney Bigard	
楚米楊 Trummy Young	
吉米・努恩 Jimmie Noone	
席尼・貝雪 Sidney Bechet	
皮威 Pee-wee	
班尼・古德曼 Benny Goodman	
喬治・塞爾 George Szell - 指揮／克里夫蘭管弦樂團 The Cleveland Orchestra	楊納傑克 Janáček ／小交響曲 Sinfonietta
	巴哈 Bach ／馬太受難曲 Matthäus-Passion ／ 詠歎調 Aria
弗拉基米爾・霍洛維茲 Vladimir Horowitz	
	韋瓦第 Vivaldi ／ 木管樂器協奏曲集 Concertos For Wind Instruments
約翰・藍儂 John Lenon	
比莉・哈樂黛 Billie Holiday	
艾靈頓公爵 Duke Ellington	
索尼和雪兒 Sonny & Cher	節奏會繼續 The Beat Goes On
傑夫・貝克 Jeff Beck	
BOOK2 後編	
伊普・哈伯格 Yip Harburg ／比利・羅斯 Billy Rose（作詞）／哈洛・阿倫 Harold Arlen（作曲）	紙月亮 It's Only A Paper Moon
索尼和雪兒 Sonny & Cher	
	庭之千草庭の千草
	「是流行於一九六〇年代後半的日本歌手民謠特集」
	泰勒曼 Telemann ／各種獨奏樂器的組曲
	拉摩 Rameau
	泰勒曼 Telemann
傑夫・貝克 Jeff Beck	

收錄專輯	發行年份	登場頁數
		99
		113
		113
		113
當爵士碰到藍調 Plays W.C. Handy	1954	113
		113
馬後炮 Aftermath	1966	150
馬後炮 Aftermath	1966	150
滾石，現在！ The Rolling Stones, Now!	1965	151
		176
		176
		176
		176
		202, 260
		238
電影《天羅地網 The Thomas Crown Affair》原聲帶	1968	260
		63, 115, 260, 329
		115
		115
		115
		152
		152
		225
		327
		328
		328
	1959	328
小九之歌 第二集／九ちゃんの唄 第2集	1963	125
		237

歌手／樂團／樂手	古典音樂家／樂曲名
	杜普蕾 Dupré ／管風琴曲 Organ Music
艾靈頓公爵 Duke Ellington	
班尼・古德曼 Benny Goodman	
比莉・哈樂黛 Billie Holiday	
路易・阿姆斯壯 Louis Armstrong	低聲歌唱 Chantez Les Bas
楚米・楊 Trummy Young	
滾石樂團 The Rolling Stones	媽媽的小幫手 Mother's Little Helper
滾石樂團 The Rolling Stones	女孩珍 Lady Jane
滾石樂團 The Rolling Stones	紅色小公雞 Little Red Rooster
	布拉姆斯 Brahms ／交響曲 Symphony
	舒曼 Schumann ／鋼琴曲
	巴哈 Bach ／鍵盤音楽
	宗教音楽
	楊納傑克 Janáček ／小交響曲 Sinfonietta
	山腰上的家 Home On The Range
米榭・列格杭 Michel Legrand （唱：諾維・哈里森 Noel Harrison）	你心中的風車 The Windmills Of Your Mind
BOOK3 前編	
	楊納傑克 Janáček ／小交響曲 Sinfonietta
	馬勒 Mahler ／ 交響曲 Symphony
	海頓 Haydn ／ 室内楽
	巴哈 Bach ／ 鍵盤音楽
糖果合唱團キャンディーズ	
井上陽水	
大放克鐵路 Grand Funk Railroad	
	西貝流士 Sibelius ／小提琴協奏曲 Violin Concerto
	拉摩 Rameau ／法式管弦樂組曲 Concert
	舒曼 Schumann ／狂歡節 Carnival
大衛・歐伊斯特拉夫 David Oistrakh - 小提琴	西貝流士 Sibelius ／小提琴協奏曲 Violin Concerto
BOOK3 後編	
坂本九	仰望星空見上げてごらん夜の星を
	華格納 Wagner ／ 諸神的黃昏 Götterdämmerung

收錄專輯	發行年份	登場頁數
		（文春文庫、第1刷）
		標題 72, 74, 150, 170, 210, 230, 278, 279, 348
		7, 174
		7, 174
巡禮之年 Années de pèlerinage	1977	73, 281, 349, 415
		73
現代音樂天才 Vol.1Genius Of Modern Music: Volume 1	1951	8, 992
		90
		97
		97
		104
		176
		176
冠軍超級精選 Elvis 75	1964	190, 195, 196
		230
		255
		269
		278, 280, 352
日本精選 Best Hits In Japan	1956	296
		348
		349
		349
李斯特：巡禮之年 Liszt: Annees De Pelerinage	1986	349, 350, 389
		352
		398
		（文春文庫、第1刷）
花椒軍曹與寂寞芳心俱樂部 Sgt. Pepper's Lonely Hearts Club Band	1967	14
寵物之聲 Pet Sounds	1966	14
橡皮靈魂 Rubber Soul	1965	標題

歌手／樂團／樂手	古典音樂家／樂曲名
沒有色彩的多崎作和他的巡禮之年	
	李斯特 Liszt ／《巡禮之年 Années de pèlerinage》〈第一年・瑞士〉鄉愁 Le Mal Du Pays
巴瑞・曼尼洛 Barry Manilow	
寵物店男孩 Pet Shop Boys	
拉薩・貝爾曼 Lazar Berman	
克勞迪奧・阿勞 Claudio Arrau	
塞隆尼斯・孟克 Thelonious Monk	午夜時分 'Round Midnight
塞隆尼斯・孟克 Thelonious Monk	
	莫札特 Mozart
	舒伯特 Schubert
	華格納 Wagner ／尼伯龍根的指環 Der Ring des Nibelungen
安東尼・卡洛・裘賓 Antônio Carlos Jobim	
	布拉姆斯 Brahms ／交響曲 Symphony
貓王 Elvis Presley	賭城萬歲 Viva Las Vegas
	舒曼 Schumann 夢幻曲 Träumerei ／童年即景 Kinderszenen
威猛樂團 Wham!	
	西貝流士 Sibelius
	李斯特 Liszt ／《巡禮之年 Années de pèlerinage》〈第二年・義大利〉佩脫拉克十四行詩第 47 號 Sonetto 47 Del Petrarca
貓王 Elvis Presley	別太殘酷 Don't Be Cruel
	李斯特 Liszt ／《巡禮之年 Années de pèlerinage》〈第一年・瑞士〉日內瓦之鐘 Les cloches de Genève
	李斯特 Liszt
	貝多芬 Beethoven 鋼琴奏鳴曲 Piano Sonata
阿爾弗雷德・布蘭德爾 Alfred Brendel	
	李斯特 Liszt ／《巡禮之年 Années de pèlerinage》〈第二年・義大利〉佩脫拉克十四行詩第 104 號 Sonetto 104 del Petrarca
	海頓 Haydn ／交響曲 Symphony
沒有女人的男人們	
前言	
披頭四 The Beatles	
海灘男孩 The Beach Boys	
Drive My Car	
披頭四 The Beatles	開我的車 Drive My Car

收錄專輯	發行年份	登場頁數
		32
		32
		32
		32
		32
救命！ Help!	1965	標題 73 與其他
		75
披頭四 The Beatles（白色專輯）	1968	89
	1944	119
		150
		150
		158
走我的路 My Way	1969	177
		233
約書亞贏得耶利哥城之役 Joshua Fit The Battle Of Jericho（鄉村之門現場 Hawkins! Eldridge! Hodges! Alive! At the Village Gate!）	1962	236
喬治亞在我心 Georgia On My Mind	1941	245
蘿拉小夜曲蘿拉小夜曲 Serenade To "Laura"	1949	245
藍調調味 Cooking The Blues	1954	245
		267
		267
		267
班與 " 甜心 " Ben & "Sweets"	1962	275
		294
		296
		296
		296
		296
		296
		296
		296
		296

歌手／樂團／樂手	古典音樂家／樂曲名
	貝多芬 Beethoven ／管弦樂四重奏曲 String Quartet
海灘男孩 The Beach Boys	
無賴樂團 The Rascals	
清水樂團 Creedence Clearwater Revival	
誘惑合唱團 The Temptations	
Yesterday	
披頭四 The Beatles	昨日 Yesterday
吉米罕醉克斯 Jimi Hendrix	
披頭四 The Beatles	喔拉滴、喔拉達 Ob-La-Di, Ob-La-Da
強尼・柏克 Johnny Burke（作詞）／吉米・凡修澤 Jimmy Van Heusen（作曲）	如沐愛河 Like Someone In Love
獨立器官	
	舒伯特 Schubert
	孟德爾頌 Mendelssohn
貝瑞・懷特 Barry White	
法蘭克・辛納屈 Frank Sinatra	走我的路 My Way
木野	
亞特・泰坦 Art Tatum	
柯曼・霍金斯 Coleman Hawkins	約書亞贏得耶利哥城之役 Joshua Fit The Battle Of Jericho
比莉・哈樂黛 Billie Holiday	喬治亞在我心 Georgia On My Mind
厄羅・加納 Erroll Garner	月光 Moonglow
巴迪德・法蘭科 Buddy DeFranco	無法開口 I Can't Get Started
泰迪・威爾森 Teddy Wilson	
維克・狄金森 Vic Dickenson	
巴克・克萊頓 Buck Clayton	
班・韋伯斯特 Ben Webster	我的浪漫 My Romance
沒有女人的男人們	
克里夫・布朗 Clifford Brown	
	電梯音樂
培西・費斯樂團 Percy Faith Orchestra	
曼托瓦尼大樂團 Mantovani And His Orchestra	
雷蒙・拉斐爾 Raymond Lefèvre	
法蘭克・查克斯菲德 Frank Chacksfield	
法蘭西斯・賴 Francis Lai	
101 弦樂團 101 Strings	
波爾・瑪麗亞 Paul Mauriat	

收錄專輯	發行年份	登場頁數
		296
		296
		296
		296
法國十三天 13 Jours en France	1968	297
夏日戀情 A Summer Place	1960	297, 299, 300
		299
		299
電影《第凡內早餐 Breakfast At Tiffany's》原聲帶	1961	299
		300
		（新潮社、单行本第 1 刷）
		標題
	1993	3, 640
	1966	38
	1960	40
		60
		71
		71
		72, 203
		72, 203
		75
		75
		101-105, 126-127, 303, 366, 368
		127
		127
		127
		127
		127
玫瑰騎士 Der Rosenkavalier	1968, 1969	151-153, 163, 194, 198
		152
		152
	1950	203, 259
		203

歌手／樂團／樂手	古典音樂家／樂曲名
比利・沃根 Billy Vaughn	
德瑞克與骨牌合唱團 Derek And The Dominos	
歐提斯・瑞汀 Otis Redding	
門戶樂團 The Doors	
法蘭西斯・賴 Francis Lai	法國十三天 13 Jours en France
培西・費斯樂團 Percy Faith Orchestra	夏日戀情 A Summer Place
街頭霸王 Gorillaz	
黑眼豆豆 Black Eyed Peas	
亨利・曼西尼 Henry Mancini	月河 Moon River
傑佛遜飛船 Jefferson Airplane	
刺殺騎士團長	
第一部　意念顯現篇	
	莫札特 Mozart ／刺殺騎士團長（出自〈唐喬凡尼 Don Giovanni〉）
雪瑞兒・可洛 Sheryl Crow	
義大利音樂家合奏團 I Musici	孟德爾頌 Mendelssohn ／弦樂八重奏 Octet in E-flat major, Op. 20
現代爵士四重奏 Modern Jazz Quartet	
滾石樂團 The Rolling Stones	
	普契尼 Puccini ／杜蘭朵公主 Turandot
	普契尼 Puccini ／波希米亞人 La Bohème
	普契尼 Puccini
	德布西 Debussy
	貝多芬 Beethoven ／弦樂四重奏曲 String Quartet
	舒伯特 Schubert ／弦樂四重奏曲 String Quartet
	莫札特 Mozart　唐喬凡尼 Don Giovanni
克勞迪奧・阿巴多 Claudio Abbado	
詹姆斯・李汶 James Levine	
小澤征爾	
洛林・馬澤爾 Lorin Maazel	
喬治・普雷特 Georges Prêtre	
喬治・蕭提 Sir Georg Solti - 指揮／ 維也納愛樂管弦樂團 Vienna Philharmonic 演奏 克莉絲萍 Régine Crespin - 演唱／ 明頓 Yvonne Minton - 演唱	理查・史特勞斯 Richard Strauss ／玫瑰騎士 Der Rosenkavalier
赫伯特・馮・卡拉揚 Herbert von Karajan	
大克萊巴 Erich Kleiber	
維也納音樂廳弦樂四重奏 Wiener Konzerthaus streicherquartett	舒伯特 Schubert ／弦樂四重奏曲第十五號 The String Quartet No. 15
	柴可夫斯基 Tchaikovsky

收錄專輯	發行年份	登場頁數
		203
		203
		203
		203
		204
		204
		204
		204
		204
		204
	1967	246
孟克的音樂 Monk's Music	1957	247
		247
		247
		278
奇幻之旅 Magical Mystery Tour	1967	317
		317
		317
		361
		382
		392-393, 434
		397
		41
		41
	19, 681, 969	73, 117, 124, 137, 141, 343, 390
		94, 100
		94, 100
		118
		221
		221
納許維爾的天空 Nashville Skyline	1969	221-222
點燃我的心火 Light My Fire	1967	221-222
河流 The River	1980	222, 428-430
蘿貝塔弗萊克與唐尼海瑟威 Roberta Flack & Donny Hathaway	1972	222

歌手／樂團／樂手	古典音樂家／樂曲名
	拉赫曼尼諾夫 Rachmaninov
	西貝流士 Sibelius
	韋瓦第 Vivaldi
	拉威爾 Ravel
	巴哈 Bach
	舒伯特 Schubert
	布拉姆斯 Brahms
	舒曼 Schumann
	貝多芬 Beethoven
	莫札特 Mozart
喬治・塞爾 George Szell ／鋼琴、拉斐爾德魯安 Rafael Druian ／小提琴	莫札特 Mozart ／鋼琴與小提琴的協奏曲
塞隆尼斯・孟克 Thelonious Monk	
柯曼・霍金斯 Coleman Hawkins	
約翰・柯川 John Coltrane	
	安妮・蘿莉 Annie Laurie
披頭四 The Beatles	大智若愚 The Fool On The Hill
約翰・藍儂 John Lenon	
保羅・麥卡尼 Paul McCartney	
塞隆尼斯・孟克 Thelonious Monk	
波里尼 Maurizio Pollini	
	舒伯特 Schubert ／弦樂四重奏曲第十三號〈羅莎蒙德〉 String Quartet No. 13 〈Rosamunde Quartet〉
	威爾第 Verdi ／厄納尼 Ernani
第二部　隱喻遷移篇	
查爾斯・明格斯 Charles Mingus	
雷・布朗 Ray Brown	
喬治・蕭提 Sir Georg Solti - 指揮／維也納愛樂管弦樂團 Vienna Philharmonic - 演奏／克莉絲萍 Régine Crespin - 演唱／明頓 Yvonne Minton - 演唱	理查・史特勞斯 Richard Strauss ／玫瑰騎士 Der Rosenkavalier
	蕭邦 Chopin
	德布西 Debussy
	理查・史特勞斯 Richard Strauss
比莉・哈樂黛 Billie Holiday	
克里夫・布朗 Clifford Brown	
巴布・狄倫 Bob Dylan	
門戶樂團 The Doors	阿拉巴馬之歌 Alabama Song
布魯斯・史賓斯汀 Bruce Springsteen	
蘿貝塔・弗萊克與唐尼海瑟威 Roberta Flack & Donny Hathaway	

收錄專輯	發行年份	登場頁數
蘿貝塔・弗萊克・與唐尼・海瑟威 Roberta Flack & Donny Hathaway	1972	224
	1935	253
		254
		273
		273
愛情的模樣 The Look Of Love	1982	273
天堂裡的另一天 Just Another Day In Paradise	1982	274
		278, 343
		280
		343
		368, 442
河流 The River	1980	429
河流 The River	1980	429
橡皮靈魂 Rubber Soul	1965	429
寵物之聲 Pet Sounds	1966	429
河流 The River	1980	429
		465
		465, 499-500, 504
		465
		497
		497
		497
		499
		502

歌手／樂團／樂手	古典音樂家／樂曲名
蘿貝塔・弗萊克與唐尼・海瑟威 Roberta Flack & Donny Hathaway	我們所知道的一切 For All We Know
蓋歐・格庫倫亢普夫 Georg Kulenkampff - 小提琴／威廉・肯普夫 Wilhelm Kempff - 鋼琴	貝多芬 Beethoven ／小提琴奏鳴曲 Violin Sonata
	理查・史特勞斯 Richard Strauss ／雙簧管協奏曲 Oboe Concerto
杜蘭・杜蘭 Duran Duran	
修・路易斯 Huey Lewis	
ABC	愛情的模樣 The Look Of Love
柏帝・希金斯 Bertie Higgins	拉哥島 Key Largo
理查・史特勞斯 Richard Strauss - 指揮／維也納愛樂管弦樂團 Vienna Philharmonic - 演奏	貝多芬 Beethoven ／第七號交響曲 Symphony No. 7
黛博拉・哈瑞 Deborah Harry	美國的法式親吻 French Kissin In The USA
	維也納華爾滋 Viennese Waltz
	莫札特 Mozart ／唐・喬凡尼 Don Giovanni
布魯斯・史賓斯汀 Bruce Springsteen	獨立紀念日 Independence Day
布魯斯・史賓斯汀 Bruce Springsteen	飢渴的心 Hungry Heart
披頭四 The Beatles	
海灘男孩 The Beach Boys	
布魯斯・史賓斯汀 Bruce Springsteen	凱迪拉克牧場 Cadillac Ranch
	巴哈 Bach ／創意曲 Invention
	莫札特 Mozart ／鋼琴奏鳴曲 Piano Sonata
	蕭邦 Chopin ／小品
	巴哈 Bach
	韓德爾 Händel
	韋瓦第 Vivaldi
	安妮蘿莉 Annie Laurie
	布拉姆斯 Brahms ／交響曲 Symphony

Speculari 44

村上春樹一〇〇曲
村上春樹の100曲

作者　栗原裕一郎、藤井勉、大和田俊之、
　　　鈴木淳史、大谷能生
審訂　內田康
譯者　康郁婷
企畫選書　康耿銘
責任編輯　梁育慈
外包編輯　郝力知、黃慈筑
裝幀設計　製形所
封面插畫繪製　林采瑤（美果視覺設計）
內頁排版　林采瑤（美果視覺設計）

總編輯　張維君
行銷企劃　康耿銘

社長　郭重興
發行人暨出版總監　曾大福
出版　光現出版／遠足文化事業股份有限公司
網站　http://bookrep.com.tw

信箱　service@bookrep.com.tw
發行　遠足文化事業股份有限公司
地址　231 新北市新店區民權路 108-2 號 9 樓
電話　(02) 2218-1417
傳真　(02) 2218-8057
客服專線　0800-221-029
法律顧問　華洋國際專利商標事務所／蘇文生律師
印刷　成陽印刷股份有限公司
初版　2020 年 04 月 15 日
定價　420 元
ISBN　978-986-98058-6-5

Freedom is always and exclusively freedom for the one who thinks differently.

SPECULARI